最後的情人

莒哈絲海岸

橫度這座莒哈絲洶湧的海岸，
與意志共舞，
然後成為我們自己。

鍾文音－文字・攝影

情人的高燒之街

這很奇妙。

鍾文音可以把湄公河，把這條斑斕髒污，沿岸疲憊人影的河流，從莒哈絲那憂鬱、悶熱、瘋狂、發育不全的白人少女的高燒之街，黑白電影底片之街，國境之南如廣島核爆末日性慾之街，用一種纏綿，又因時光隔稍遠些，而清澈波光倒影些的流淌方式，引渡到紙頁上。

她寫的如此金光閃閃，景物嫵媚紛繁，卻又常一掀景幕，是一片荒涼灰塵的被棄之鎮，那使得文學史上是一深邃瘋狂謎陣的莒哈絲，和這位女作家自己的臨水照影，縷縷吐絲交纏，一種童女的身體在憂鬱熱帶裡掐迸、蒸發、透明、超出輪廓的書寫之慾、靈魂玻璃卻又在高頻音紋裂。

「我的錯位和她的錯位」
「我的絕望和她的絕望」
「我的傷情詩篇和她的……」

彷彿絕不止息的召喚，形成一種奇異的波光灑金，卻又縱深影綽之印象。

遂鍾文音在我心底如交纏著莒哈絲魅影的奇異女作家，她是台灣的莒哈絲……

——（小說家）駱以軍

一九九三年至二〇一四年
一路追尋。

西貢

河內

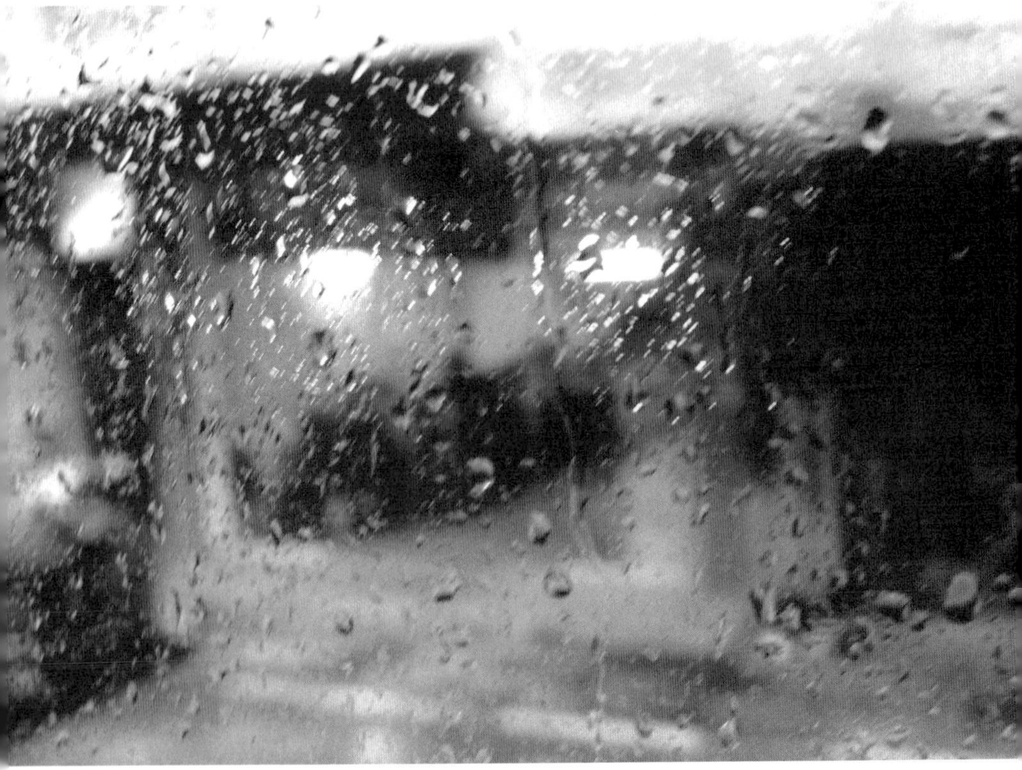

巴黎

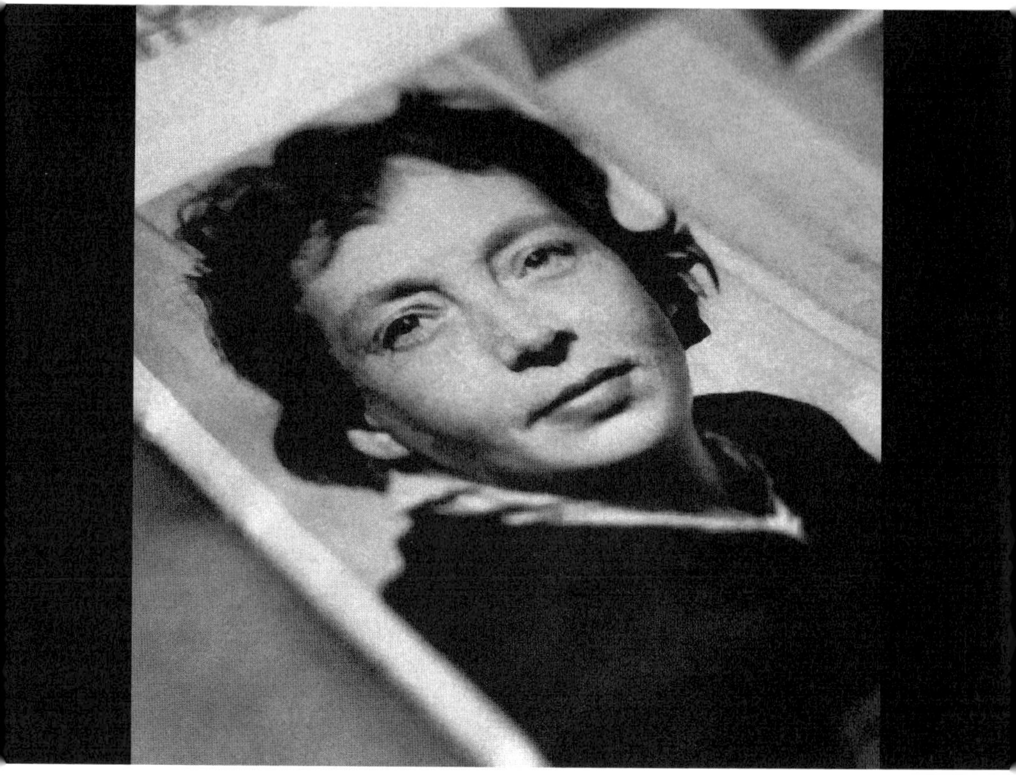

特魯維爾

「情人，微不足道。愛情是永存的，哪怕沒有情人，重要的是，要有這種對愛情的癖好。」

——莒哈絲

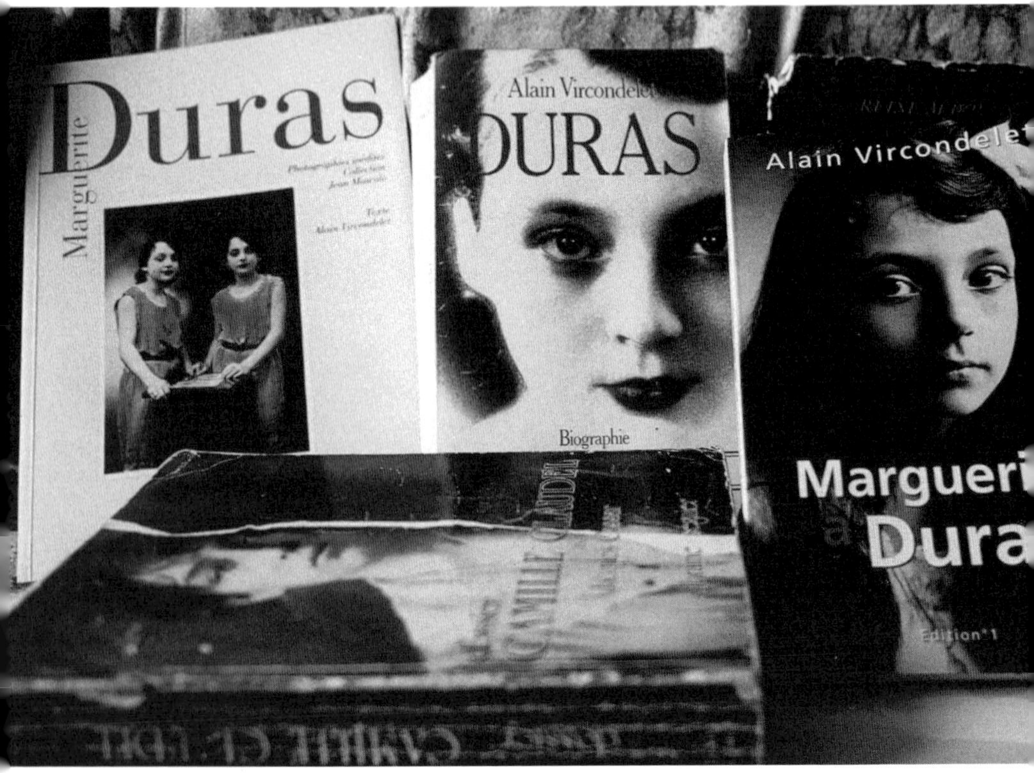

Office de Tourisme
Musée du Parchemin
Centre de Secours
Salle des Sports
Hostellerie des Ducs

印度

廣島

我的最後情人，
我來到莒哈絲海岸。

赤トンボを取
として
手を伸ばしたとたん……
ed in front of me
a fence.
my cap in my hands,
o catch the dragonfly

摧毀吧，妳說。

瑪格麗特・莒哈絲（Marguerite Duras 1914-1996）

法國作家。作品《情人》一書享譽國際，以十八歲前的越南生活為背景故事，自此《情人》成了她的符號，她的多部作品曾被改編成電影，例如：《抵擋太平洋的堤壩》（1950）、《如歌的中板》（1958）、《夏夜十時半》（1960）等。她寫的電影劇本《廣島之戀》至今仍廣為流傳，經典對白迷人。

她的人生是個傳奇，經歷過二次世界大戰和六〇年代的社運風潮，其涉獵的領域十分廣泛。她關注的面向多是社會邊緣人、行乞的女人、殘酷的戰爭、不可能的愛情、瘋狂的母親……都是沒有國界的人，十分引人共鳴。她是生於越南的貧窮法國人，即使回到祖國，仍覺得是個「異鄉人」，這種沒有歸屬感，讓她瞭解到人生的憂傷與哀愁，生而為人的艱難，同時她也在寫作、在電影上打破各種框架、挑戰一切既定美學，小說作品為法國新感官派代表。（編注）

【序】致文學情人：給莒哈絲書簡

給莒哈絲：

我們之間絕對沒有親愛這樣的字眼，因爲我們絕望。就像夏夜致命而襲的悲傷，難以慰藉的回憶讓世界走向死亡，回憶成了夢囈。

我不禁想向妳說，愛情這種神話，當消逝時只能向虛無中的虛無吶喊，在荒漠中的荒漠中孤立。

妳的記憶喚起我的身軀，妳的記憶使我心裡有一團火，我希望能再回來，沒有了妳，我等待拯救我自己，沒有了妳的雙眼注目，我已準備進入死亡。內在的死亡，死在愛中，其實是一種昂首向前。妳說，人們總是在寫世界的死屍，同樣，總是在寫愛情的死屍。我說，書寫是我的獨特告別式，離開寫作時的那種孤獨，作品就不會誕生了。

妳說就是死後妳也還能寫作，我想妳定然把書寫的棒子交給了我。因爲我私心認爲妳交了棒子給我，所以我幾乎隻身年年弔祭妳，從我家的八里來到妳的巴黎。

多麼好的巧合，八里巴黎。

我飛越大片的陸塊與海洋，來到屬於妳的城市，巴黎的夏日正豔，我心卻近乎蕭索的枯萎，絕望是妳的基調，於是我看出去的炎夏豔麗風光自此沒有了色度。妳的眼光成了我的眼光，究竟是什麼樣的眼光成爲妳的獨特體驗，那就是絕望與孤獨，那是妳的生命元素；追求與獨特，是妳生命的火花。我帶著獨特與火花，來到妳的巴黎。

我先是來到妳在巴黎聖日耳曼大道附近的聖伯奴瓦街五號居所，像幽魂般地探望著任何一個長得神似妳的巴黎女人。她必須個兒嬌小、她必須神色孤絕、她必須目光迷離、她必須左手叼菸、她必須右手戴只玉環且指環有個大大的華麗手戒。她必須沉醉愛情，必然走向枯萎的愛情，絕望又欲罷不能的愛情。

然而沒有人像妳，我跟蹤到一個側面神似於妳，我跟著快跑到她的面前，才發現她太蒼白，一點都沒有妳的情慾流動，發現她太稚嫩，缺乏妳被注目時自覺流露的迷幻氣味，讓人神魂顛倒的性愛氣質。

妳說我是如此的放蕩，他沒有那種本能可以了解我的放蕩，妳又說女人的心中如果有情慾，自然會吸引男人。妳讓我整個人釋放一種如乙醚的痲痲幻覺，痲痲幻幻地走在巴黎。忽忽地一個男人手中拿著報紙，他在我走出地下鐵入口時突迎向說：「妳好像Spaghetti，要和我喝杯咖啡嗎？」我像Spaghetti，我聽了好笑，心想這是何等的言語調情。然而我來巴黎是爲了妳，我拒絕了這個有義大利長相的男子。

觀光潮像一股死亡的洪流穿過這座古老的城市，我得了愛情的黑死病，我喜歡這個「黑」字，濃濃不開地圍住我，像是關上厚重窗簾的屋內，我在遙遠的八里書房讀著妳的《黑夜號輪船》，一艘滿載著性的誘惑在夜間航行的幽靈之船。

在痛苦中實現慾望，那樣強大的浪潮一波波打向我心的堤岸，那樣強大的浪潮襲向我卻又不至於讓我潰堤。這就是妳的力量，對一切的黑暗咀嚼，對一切的慾望面對，對一切的記憶遺忘。

我家的淡水河常被我想成妳的塞納河，生命的黑河總在我們的書寫中清明，黑暗不可怕，黑暗才能對映出光亮，我的白天與黑夜，寫作和閱讀並置，愛情和慾望交纏。我喜歡在情慾之後讀妳的書，特別是在電燈下撫觸妳的感官書寫，房間陰暗，只有妳的語言被光暈照亮。

蒙帕那斯墓園。在墓園入口繪有地圖，墓園地圖標誌著一顆顆不朽靈魂的所在位置，像是某個不斷在我的瞳孔發亮的星圖般閃爍著歷史的光芒，靈魂不死，在此昭昭；時光不老，在此歷歷。

我不需按圖索驥，即能尋妳之所在。我總是爲墓碑發亮的名字感到一種我和妳同在的喜悅與眞切呼喚。妳在墓園左方第一排第十個墳前立著米白色墓碑，上方標誌著「M. D.」，M.D.即是Marguerite Duras，瑪格麗特．莒哈絲，妳名之縮寫，當我感官和妳親暱時我會稱妳瑪格麗特，但是當我寫作時我會敬稱妳莒哈絲。

一個妳自行決定的姓氏，棄父之姓氏，棄得如此決裂，不是改名竟是改姓，眞是了得。

妳原來的父姓是多納迪奧Donnadieu，意思是獻給神（dieu）。一個在妳四歲即棄離人世的父親卻給了妳一生的名號，想必妳定然掙扎許久，背著如此高意涵的宗教姓氏和妳放蕩自主行爲形成甚大的諷刺與負荷。想像妳在印度支那時期，妳和來自中國北方的情人擁有那絕對的一年，以絕對的絕望、絕對的性慾、絕對的放蕩，背負著「獻給神」的姓氏和一個黃皮膚的殖民地富豪男子以身體肉慾的自主權，絕對存在的日日夜夜是那樣的高亢，快樂與悲傷同進的高亢與同退的低靡。

有個我的書迷也在寫作的女人曾對我說，我的死穴是愛情，她看不到我作品中處理自己的愛情。我點頭，我知道我即使處理愛情，愛情也都被我簡化成籠統的愛情哲理而非是愛情過程描述，即使有愛情過程描述也都是有點事不關己的疏離，看得到卻聞不到摸不到，縹緲遙遠。因爲我處理的是回憶，而不是當下的現實。當下現實的感情對我而言太過靠近，太過灼傷，我難以正視，我須通過整理。可我一整理，便又掉入了迴避，許多的細節省略了，雜蕪也去除了，如此一來愛情的複雜便被片面化，愛情就是含有許多雜蕪的狀況才顯得可供敘述。我唯一比較正面且完整去寫的愛情小說是《從今而後》，但還是一種迂迴的態度在處理愛情。

我在想直接簡潔又帶點誇張的風格，那是屬於妳的風格：大量的細節描述，支離破碎的語言，淚水與沉默的混合氣味。

我的淚水與沉默混合出來的氣味是荒荒莽莽中的一種愛情況味，像台灣島上秋天漫生的白色芒花。

妳的淚水與沉默是屬於絕望，絕望是什麼物質與顏色？沒有，空空然。

只餘書寫。寫作，是妳的生活與生命，也可說是身心投入的全部。妳把自己和寫作全然地投入在這樣全面性領域裡，義無反顧且有點不要命了。「必須有死亡的才能。」妳說。

妳看不起有些女人以寫作當作生活的點綴或是品味的來源，妳不認同寫作者一腳在生活一腳在寫作，妳認爲應該全盤投入。「一個作家不能喜歡不喜歡他的書的人，因爲作家在書中傾注了自己最眞實的東西。」妳說可以接受人們不贊同妳的電影，但絕不能忍受別人對妳的書有任何保留意見。

多麼絕對啊。難怪妳動輒和朋友決裂，孤僻又瘋狂的熱情是足以把誤闖禁地的他者給活活吞噬的。

我喜愛妳這樣常常不要命的寫作與生活精神，對藝術文學和妳所投入的政治是那般地不顧性命的熱情與不妥協態度，每每讓我驚訝且愛上妳。身心全部投入，因爲太過稀有了，所以即使有人不喜歡妳，但也讓人不得不對妳刮目相看地產生一絲絲的沒來由好感。

那是保守與平庸者所不懂的生活探險與創作投入。平庸常常被以「中庸」爲護膜，實則平庸近乎庸俗，平庸者了無生氣，平庸和中庸斷然不同。保持中庸也是一種求平衡的某種激情，不斷地在前進與後退中覓得中庸之道，前進與後退的節奏拿捏已是高度的生氣盎然。平庸者不是如此的，平庸者該前進不前進，該後退不後退，完全死氣沉沉。

我的這個書迷又對我說，她有了小孩後發現「愛還可以更愛」，她未料後面的這個愛超過了前面的那個以爲是生死的愛。而我今生是確定絕不要有子嗣的人，我要切斷我的這個情業宿命，那愛是不會更愛了，愛最多只能再愛，沒有更上一層樓了。我把我的愛最完整但可能是最好或是最壞的部分都已經給出去了，覆水難收，除非我的愛奔向的男人是一條河流一片海洋，可我的愛奔向之處的男人是荒漠是沙丘，他們默默吸收了我那完整的愛，但卻無法退還且無法完整給予，我要以完整對完整，簡直是癡人說夢。於是我的愛只能是再愛，無法更愛。後來的男人也無法怨懟我，因爲經歷過滄桑之後，大家已經都變得一樣世故了。

再也沒有完整，如果有完整，那是一種切割之後的完整。只有切割的完整可以代替義無反顧的完整，感情學會切割，事件學會切割。切割就是一種擺放安然的姿態，在擺放各式各樣的異質裡不會互相干擾混淆。我們的生命開始像盒中盒，一層又一層的多寶格，密室中的密室。

別人既無力打開，我們也不準備打開。

就是世故到要保護自己了。保護自己其實也在保護了他人。我們都不再是荒漠渴望甘泉般地引頜企盼著愛神，我們本身既是荒漠也是甘泉。

在台北我曾問及我的愛人：爲何時尚名錶要標榜有「萬年曆」？他說那就像一個皇帝爲何要擁有做工精細繁複美麗的「多寶格」，萬年曆也是名錶標榜的一種時間刻度的精細與繁複技工，實用性不存，而是一種展現，不論富人或窮人。而巴黎花都的人更是熱中於展現的人種，細節的展現與鋪成，猶如花腔中的花腔，高音之上還有高音。然話說如此，聽到萬年曆，還是讓人驚嚇時光如此加諸於事物的殘酷與暴戾刻痕。

我喜歡妳的兩極，光滑可以如此無缺，皺褶可以如此深陷，十八歲前如此地婆娑且迷離，十八歲後又如此地無垠且堅毅。因爲一個深度的寫作者方能讓臉部的皺紋顯得如此美麗，因爲一個寫作者方能讓矮小的個子展現著如此地巨大，那皆是來自心靈能量散發的美，這種美不是給普通人看的。妳年輕時的美才是放在世俗的位置上，就如妳自覺那種美的吸引力一般。可妳有過後竟不耽戀那個影像，妳違背所有女人該有的抵抗歲月的動作，妳甚至反其道而行，酗酒抽菸，妳有一張毀損的臉孔，是這個絕對的自我，全然投入絕對的光陰所對應出來的磨損，我第一次見到女人可以如此地接受老化，且接受得如此徹底，因爲徹底所以有了一種讓人逼視的美，連老都美。每一條皺紋都像刀痕，光陰像是深入蝕刻版畫的化學物質，最後臉孔像是侵蝕完善的銅板，刷上了一層黑色油墨，印在浸過水的白紙上。

「十八歲的我就已經老了。」

就像楊・安德烈亞初次見到妳時說的話：「我一直都認識妳，大家都說妳年輕時是個美人兒，但是我今天想告訴妳，我覺得現在的妳比年輕時更漂亮。和妳年輕時比起來，我比較喜歡妳現在的容貌，歷經風霜的容貌。」那年，一九八〇年，楊不過二十七歲，妳已六十六歲了。何等的男人如此不同流俗的審美觀，何等豐富又蒼涼的內在，才可以穿越感官的慾望與形象的皮相。如何我們的慾望不會被一個拘泥的形象給扼殺而死？男女得以靈魂見靈魂，不過就是如此了。當然我不得不說妳的私心是多過於楊，楊是很單純地渴望，如鹿渴切溪水，如人子之仰望神。

可妳反在俗世裡流轉，妳要楊只有妳，除妳之外沒有別的。

台灣藝文界既沒有妳之流，在讀者群上也沒有楊之輩。有哪個男人喜愛女人歷經風霜且皺紋滿面的容貌，台灣藝文界男人最好之境是仿沙特之流，那已是最好的相遇了，沙特幾希？波娃幾希？你們又幾希？

妳眞了得，全有或全無。

而楊・安德烈亞絕對是異數中的異數了，甚至是異數中的唯一。這例子僅有的對應是美國女畫家歐姬芙。在台灣藝術界發生過的女老男少配最多相距二十來歲，且女方當時都還保有一種亮眼的風貌，不至於瀕臨於毀滅。就是西蒙・波娃的戀情也是男的小她十七歲，女人大男人四十歲的巨大數字實在絕無僅有。

我當然絕不能提坊間那近乎鬧劇的小鄭莉莉之戀，那對妳是褻瀆。不若妳，以那樣的矮小個子以及皺紋風霜滿面之姿誘人心魂，風燭殘年也能夠如此傲然。

東方沒有，東方喜愛藝文的男人在感官上還是退化的，他們常常證明魅力而喜歡幼齒，若不喜歡幼齒者，那就是務實派地喜歡貴婦型，若不喜歡貴婦型，那鐵定依戀母親，只有如此他們才會尋找比他們年齡大者，因爲一種現世的務實利益與安穩。當然也有人因爲渴望對話渴望瞭解而尋找一種相似的靈魂而非以年齡度量，但男人的前提是，那個比自己大的女性也不能難看，至少我想不會是個七十歲的老太婆。

年齡大後，許多人年少的理想主義成了憂傷的奢華，於是大家都世故，不想沉重，不想有關靈魂深度的交往。在許多男女關係或是同性戀者，其實對年輕肉體的感官快樂是很有階級的對待，享用年輕的軀體，宛如一場美食的饗宴與權力的使喚，對自我青春與性能力和魅力的某種招魂，於是東方男人畏懼老女人的精鍊，因爲不敢承認脆弱。

莒哈絲，妳若中老年之後在東方，恐怕也要折損不少，以妳那樣渴望被注目且被絕對環抱者，在創作和在愛情上都是絕對的霸權。「她要的是全部的我，全部的愛，包括死亡。」楊在他的書裡《我的愛》（CET AMOUR-LÀ）裡寫道，甚且提到妳不准他和家人聯絡，因妳善妒如狂。妳是愛情的暴君，書寫的王者，妳活在妳自己建構的世界裡，不容他人傾斜，因爲妳本身已是個大傾斜。傾斜者需要支柱，傾斜者需要全盤如地基扎實般的愛，如果沒有這樣的絕對，要不就讓妳徹底傾斜，直至倒下。

妳眞了得，全有或全無。

沒有男人受得了妳，妳也受不了男人。妳是那種在東方會被冠以難搞的女人，其實就是在法國也是如此。只能說一切的遇合與結合都配得剛剛好好的，我必須還原說，楊本就是個特殊的人，才是眞正和妳在一起的原因，他的同性戀模糊傾向讓他產生了無比柔弱的特質，他走進妳，是因爲妳的文字。而後離不開妳，是因爲自己的脆弱。他內心脆弱和妳的身體脆弱恰成了一個同心圓，你們相處的十六年，多少次楊出走後又乖乖回來，多少次妳把他的行李丟出去，他又像流浪狗般地覓氣味而歸。妳像個女乞丐飢索愛情，他像個流浪狗飢索懷抱。既是主人又是奴隸，在彼此垂下的眼瞼處，你們對望那個傷與那個痛。

妳無法忍受被遺棄，妳愛自己甚過一切。愛自己那無法挽回的回憶，愛自己那所有的美麗與悲傷，所有的醜陋與暴烈。妳擁有他者都是爲了證明自己的存在，神祕的個體莊嚴存在。

歷經風霜的容貌，de vaste，一種瀕於毀滅的美。無法掌握的毀滅密織在一張臉，臉上的五官被酒精和時光點點侵蝕，最後被破壞殆盡。

精神塑造出來的一種風姿，書評如是寫道，讓人不得不逼視的血肉曝曬於外的愛情，驚悚中的快感。

我果然不知如何寫妳。我想寫妳是一種癡心夢想，我覺得不得不寫妳也是一種激情的流瀉，已無關乎好壞，我以爲就像妳寫的迷人小說，這種不可能完成的絕望激情，起因於得到一種死亡的惡疾。

妳的法國女同胞替妳立傳似已足矣，而我來自東方，來自妳初次體驗性愛與死亡的《情人》國度，我沉默，在一時之間，無話可說，只留物傷其類的情懷。

蒙帕那斯的墓園，妳安然於此，和所有的法國文學巨擘同在。不知妳在墳下如何想像這樣的居所，妳孤單，妳冷笑，妳思索……

墳墓上方有其他的仰慕者放了束鮮花，紅紅的小盆栽置在白色的石棺上，有一種俗色的尋常。我想妳可能要更特別的，於是我逛著蒙帕那斯，午後陽光慵懶，我似乎也有一種睡意，欲和墓園的所有青青骨魂埋者同眠，可意志力驅使我四處梭巡，我想到妳的寂寞，不服輸的烈火性格。彎身拾了幾粒象牙色和灰色的小石頭隨意地擱在妳的墳上，乍看如小小的立塔，襯著妳米白色的石墓極為相契。

依戀者就是如此無可救藥地自我認同與孤芳自賞。

寫著一九九六，妳走的那一年，我正在紐約，這一年我開始寫給我的情人，我那讓人發痛的情人，肉體和靈魂會見其影聽其音觸其膚聞其氣的故往。

我並在返國前去了趟歐洲，逗留巴黎，親眼見證妳香魂渺渺的城市。妳的死去誘發我的書寫。我接了妳的棒子回到我的島嶼，我住到了有著巴黎諧音的八里。這一切的注定就是妳的召喚。我成了每個妳，也成了筆中的妳。任聽身心的召喚，但又時時有個超我在監督這個我。

就像妳在十五歲半的第一次性體驗，不獨妳聰明早慧且自知身上具有男人的吸引力，且妳提到了妳懷有一種「超越自我的義務感」，這超越自我的義務感，催促著妳走進未知且充滿刺探性質的激情式性世界。

這種超我態度，也是一種逃避現實的那個實體世界的我的可能方式。

性愛可以作為一種逃離。一如那個超齡的妳，進入那個充滿溽熱黑暗的空間，和東方瘦弱男子體驗完全的性慾，帶著哀傷交纏在百葉窗切割的光線裡。在高潮之後，妳期望投身於此時此刻的世界後，可以逃離那個貧窮且瘋狂的奇特家庭，那個隱隱有著宿命般的悲傷與暴戾，如野獸相殘氣息的家庭。

一如我，在激烈的家庭漩渦裡，我總是渴望有一座湖泊或是一條河流可以靜靜地在心中流淌，有一個寬大的臂彎可以仰靠，即使明知是暫時的。

性愛就像夏日烈烈豔陽下浮動的事物幻象，高潮後的清醒卻又如霧中風景，冰冷且無所適從。

我在妳的墳上這樣想，胡思亂想，支離破碎地想，喃喃自語地想，這樣我才能靠近妳一些，一些些。我願意沒有保留地傾訴給妳聽，可蒙帕那斯墓園魂埋著幾個世代的文學巨擘與哲人大師，在此衷曲也只能靜靜輕彈，靜靜地如落葉在風中飄。

文學家在俗世的層層體驗裡，永遠有個近乎執妄的超我，觀察著另一個我，沉淪墮落和誘惑可以成就一種美德，那是因爲超我在作祟。詩人波特萊爾、哲人傅柯都和妳屬同類人，上升下墜，唯我獨尊。

這個唯我獨尊，其實乍看很令俗世人厭惡，但我以爲這是個我生命的一種高度實踐，這時代太多的大我了，我們只能重返自己，高度實踐自己。

物傷其類，一意孤行又吾道不孤。

幾度，坐在妳的墳墓前方長條式鐵椅上頭翻閱《情人》，妳寫過的電影劇本《廣島之戀》和編導的《印度之歌》，不喚而至。樹影下我的心靈和視覺感官處在奇特狀態，好像妳那強而有力的魅影處處跳出來和我說話。我看見我的生命，妳的死亡。我體會到擁有妳的心、妳的語言，在傳承中這才是扎實的幸福。無以言說的非俗世幸福，不是幻象。迷戀就像感覺就像空氣，無以陳述，無以捕捉。

我深愛的妳，自由韻律的書寫迷人，自由生活的姿態迷人。能夠來到妳的墳墓前朗誦妳的作品，簡直是夢裡相見般的一晌貪歡。

Nina 妮娜寫於巴黎2000

我孤獨，我一個人；
我沉默，我成了妳。

——關於我眼中的莒哈絲

我必須趁我眼睛清澈時凝望妳，獨自一個人飄蕩在妳筆下的文本故事和語言氣氛，在閱讀的陸塊上孤獨前進，這是一座不穩定的陸塊島嶼，我是海洋，勢必得環繞妳的這座孤島，妳是海洋，勢必得衝撞我的這座孤島。

妳的我的孤島。世故又通透的孤島，世故中還能傾注所有自體和他體燃燒的孤島，熱情又冷漠的孤島。他人無所適從的孤島。

莒哈絲，之於妳，我是無法多寫多說什麼的，妳本身就已完整，每個碎片組成的完整，一意孤行的完整。妳的完整就是破壞後的破碎，靈魂的碎片散落一地，撿也不是，不撿也不是，就只能是凝望，就只能是依從，注目在冷冷的溫情裡，像是石基上長滿了綠綠的苔蘚，有皺褶般的陰影，陰影如幽微的燭火，黑夜的河水。

妳是河水也是海岸，總是一波又一波，生命沒有止息，筆端絕無停止。

寫妳，必然從我眼中來勾勒妳，如此我才有立場可言。然雖說有了立場，可我的立場也是建構在一種支離破碎搖搖欲墜的晃動裡，暈眩在妳那破破碎碎的語言感官迷宮裡方得一切述說。

關於述說，只有一種顏色，沉浸在黑色中的霧夜。

關於摧毀，關於絕望，關於孤獨，關於性愛，關於金錢，關於陰影。

擁有這些暗影的同時，妳卻沒有封閉起來，竟還能向荒荒世界吶喊，向生命冷冷溫溫地又擁又抱。這是妳，一個莒哈絲式的生活哲學與文學腔調，在完全面世的同時，用一種絕對的自我價值與認同形成了一種獨裁的基調，這獨裁的悍性使得妳在面對俗世的同時，其實是一個完整的個我，其實內裡是極端避世的。也因爲這樣妳沒有喪失心智地墜入眞正受到自我詛咒箝制的瘋狂深淵，以妳這樣時時隱含絕滅特質的人竟然能夠活得長壽且名利雙收、愛情雙全，簡直是不可思議。

強烈的自我敘述腔調往往蓋過了故事，這是妳，自戀自殘自誇自傷自我了得的作家，一則浮世經典。

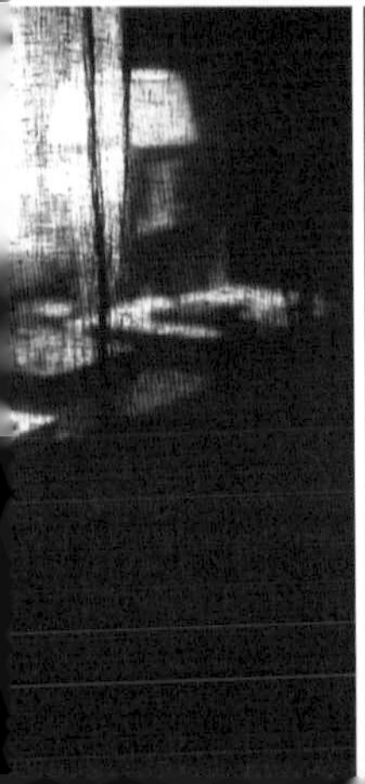

越南

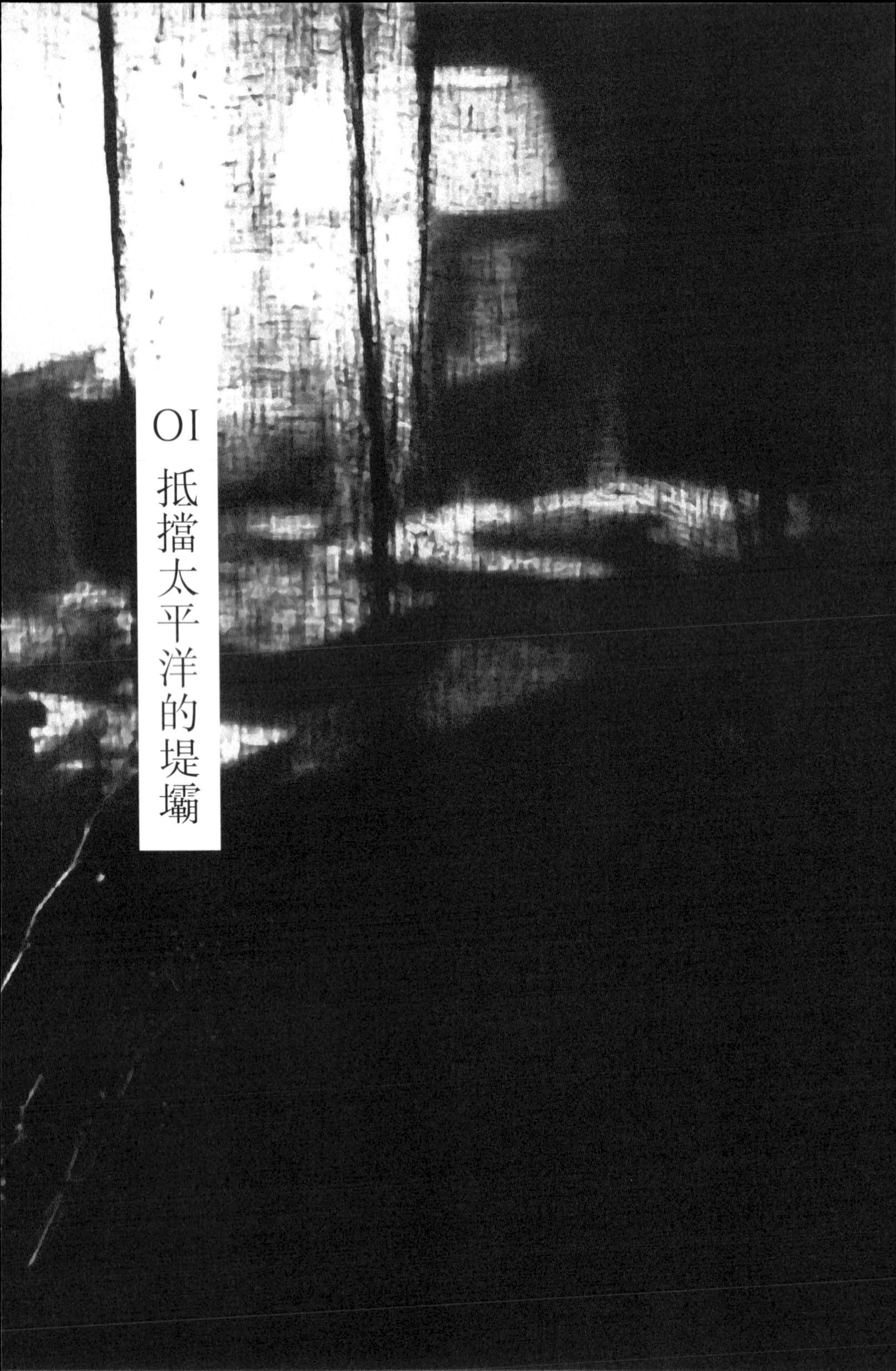

OI 抵擋太平洋的堤壩

年輕瑪麗的幻想

到新大陸去吧。

那是莒哈絲還沒降生前的年輕母親，母親瑪麗是個農家女，從小努力要脫離農人生活，脫離貧瘠土地。身為老大的她也不負眾望地一路以優等成績畢業於高等師範大學，開始當教師的夢想。

某日看到徵召到殖民地教書的海報，那躺在芭蕉樹下的男人，遙想的熱帶情調，她再看看自身的農民命運，甚覺悲慘瑪麗想解脫現實困頓，決定到法屬殖民地印度支那，她知道變化帶來新的可能。

幻想開始在腦海裡盤旋，成排的別墅，梧桐樹下的戀人，頭戴禮帽穿著白色西裝的翩翩紳士，或者穿著白色短裙手拿網球拍的女人……要在巴黎一顯身手，那是太擁擠了，到殖民地去吧，海報這樣寫著。

剛畢業不久的瑪麗買了船票，在大海茫茫中，舉目無親卻異常勇猛，航行月餘才抵達這塊新大陸。南亞，多遙遠的東方，但很快就會出現眼前了。

「年輕人，到殖民地吧。」瑪麗心懷嚮往地向政府提出了申請書。任誰也不會想到一個懷想，一個舉動，一個出發，一個抵達，會成為往後人生的影響之最。

瑪麗的申請很快就下來了，那是一九〇五年的初春，三月十日核准她的申請。瑪麗被派至西貢市政府女子學校擔任教師一職，她迫不及待地搭上開往印度支那的輪船。

首先迎接她的是彷彿沒有盡頭的大海。

寂寞難耐時，她就幻想南亞的熱帶風情以及那沿海的潮汐，她想這是人生的大旅行，前面有大展身手的新世界，還有可能的新戀情。

新戀情，她極需的。因爲就在一九○四年，她與鎮上一個年輕人結婚，這年輕人新婚不久之後竟出發遊走商海，丟下新婚的她於不顧。這促使了她想要到異鄉展開新戀情。

果然，她抵達西貢的第二天就到學校報到，就在報到時見到了她的上司亨利・多納迪奧。那時的亨利有妻有子，只是妻子卻重病，在瑪麗到達西貢時，亨利的妻子已然要不久於人世了。瑪麗當時受託常去亨利的妻子面前看顧探望，但瑪麗的眼裡其實是亨利，他們一見鍾情，但卻受到非議的目光。瑪麗在法國的婚約尚在，而亨利的妻子也還在人世，何況還生重病。但瑪麗熱情地迎向亨利，她歡喜來到印度支那，她就知道上帝聽見她的祈禱。

未久，亨利的妻子過世，巧的是與瑪麗結婚的那個離家男人竟也離開人世，瑪麗收到家書，家人告知她的丈夫死於一場意外。好像這兩個元配爲了成全亨利與瑪麗似的，竟相繼去世。爲此，他們倆的結合也就順理成章。在亨利的妻子過世不到半年，他們就結婚了。那一年，亨利三十七歲，瑪麗三十四歲，亨利與前妻的兩個孩子被送回了法國，這段時間是瑪麗少有的歡樂時光。

亨利是數學老師，他的姓氏多納迪奧的意思是「獻給神」，也因此後來莒哈絲會改掉這個太宗教性的姓氏，而以Duras爲姓，莒哈絲是亨利出生之地，以此脫離獻給神的符號，但又不失和父親的連結。

亨利和瑪麗結婚不久，一九一○與一九一二年陸續生下莒哈絲的兩個哥哥，但亨利卻開始身體不適，還曾帶著瑪麗與兒子們回到法國馬賽治療，同時亨利也曾答應前妻要將他們生的兒子送回法國。回到法國的亨利卻陷入鄉愁，不願再回到西貢。因爲西貢學校的工作還等著他們，瑪麗只得先帶著他們生的兩個兒子回到西貢。但回到西貢的瑪麗感到無比的孤獨，她不斷地寫信給丈夫，希望他盡快歸來團圓。亨利禁不住瑪麗的請求才又回到西貢。

就在回到西貢不久，瑪麗發現自己又懷孕了，一九一四年四月四日凌晨，瑪麗生下女兒，取名瑪格麗特，這個女兒是亨利在現場唯一目睹瑪麗出生的孩子。

莒哈絲這個女兒的出生卻帶給母親災難，瑪麗生下她才六個月就生了場大病，被送回法國治療，直到一九一五年六月十四日才回到西貢。但災難才剛開始，回到西貢的瑪麗卻又得與丈夫分別，因爲換亨利得了重病，且這場病很嚴重，是肺出血，還有結腸炎與痢疾。由於是傳染病，印度支那當局立即下達命令要亨利回國治療。

亨利知道這一回離開西貢，將意味著與殖民地永恆地切離了，他應該不會再回來。

他看了女兒一眼，這個美麗又弱小的女兒，一雙大眼，盛著難言的憂愁，她那浸淫在海水般的汪汪大眼，像是冷眼看著周遭的動盪與不安。

我的家庭貧瘠可怕，冷醒得可怕，邪惡得可怕。
但我深深肯定自己，我日後會從事寫作。
我的生活像一大片沙漠，我在沙漠中看見的，
日後能做的事就是：寫作。——《寫作》

馬賽進行曲

經過無數日夜的海上搖晃顛簸，亨利又回到了馬賽，這一次以爲自己將死在祖國了。他沒有把訊息帶給留在西貢的瑪麗與孩子們。

未料死神卻放過了他。馬賽軍醫處竭盡所能地治療著亨利，就在病情有起色可以離院，亨利想回到西貢時，戰爭卻阻絕了他的歸路。亨利被徵召後勤軍，所幸又病發，因此免於上前線。直到一九一六年，他又回到西貢任職，且於隔年被派到河內，負責河內的小學教育。

這是一趟大遷徙，這年莒哈絲三歲，父親有了新的任務，但母親卻因爲遷徙而失去了在西貢教書的機會，爲此瑪麗努力地在河內尋找工作，但僅得到臨時教師一職。

河內的工作比過往奔波，亨利的身體又開始陷入折磨，加上思念他和前妻生的兒子，十多年不見，他想回到法國。在他自己的要求與醫生建議下，亨利再度啓航，海上航行時他想念起前妻亞麗絲，頗有愧對佳人之念。

一九二一年五月二十三日，亨利再度踏上法國土地，一樣的馬賽港，一樣熟悉的法語世界。地中海的美景如此安靜，但他卻疲憊不堪。知道這回是難以再回到印度支那了，他也決定悄悄離開軍醫院。獨自回到自己的出生地，那是一處盛產葡萄與李子的地方，位在洛特——加隆省，一處名爲「莒哈絲」的靠海之地，在海岸潮聲裡，靜靜地等待交手過多回的死神這回把他接走。

被允許探望的只有和前妻生的兒子，以及他的弟弟。亨利的弟弟有一回來探望他時，發現他雙眼盯著窗外，但身體已然僵直，氣氛寧靜。遺言是將自己和前妻合葬一起。

那一晚，遠在河內的瑪麗卻心有靈犀，夜半時，鳥鳴聲吵醒了她的夜夢，她醒轉，瞪著天花板，感到心狂跳著。她知道亨利的魂魄要來告別了。隔天一早，叫了孩子們到跟前，哭哭啼啼地說我們要買船票回法國了，你們的父親快走了，我們得和他見上最後一面。

隔天電報傳來死訊，瑪麗才相信一切是眞的。未久亨利和前妻所生的大兒子也來了封電報，同時給殖民地政府寫了信，希望殖民地政府可以照顧瑪麗一家人。沒寫的是父親的遺願是要和自己的母親亞麗絲葬在一起。

再度成了寡婦的瑪麗，已是三個孩子的母親，她得振作起來。她沒有回到法國，既然沒見上丈夫的最後一面，那就不需要再回去了，畢竟眼下還有重重的生活難題。她是未亡人，得處理亡者留下的後事。

年輕瑪麗的離鄉之舉，航行茫茫大海，未料迎接她的人生會是一場又一場的絕望。

這是莒哈絲未出世前，母親瑪麗的遠航故事，就像在爲她的故事誕生做準備一樣，充滿了戲劇性，也充滿了無盡的暗夜與哀愁。

莒哈絲等著將母親的故事打撈上岸，同時迎接自己的生命黑暗。

情人，等著和她在一條明媚卻苦楚的河流相遇。

但她得先凝視與穿越那充滿野性與熱帶憂鬱的童年時光。

02

印度支那的哀歌

河內時光

很多年前，曾短暫幾天停留河內，只爲了一樁奇異的出走。

三十六古街裡彎彎曲曲小巷錯置著各式各樣廉價旅店，是背包客浪旅之選。那已往事如煙，那時人們射向我的目光就好像我是北越來的妓女似的，只因一頭亂鬈髮，年輕的無聊寫在臉上，拖沓著一雙華麗織布夾腳鞋，旁邊伴著一個他們眼中的外國鬼佬。

我常想起莒哈絲寫的：「我十五歲時，就有一張淫樂的臉。」

那個白鬼佬的名字像是一個異地，不再奔赴過。

河內市區瀰漫濕漉，夜晚霧氣融合白日殘留的炭味與食物霉味，凝結在梧桐樹下。旅館相鄰的幾條橫巷，穿進去有家寺廟，古老灰舊，如大戰後的昏黃廢墟，像是所有僧人都往山林逃去的廢寺，空蕩蕩的，黑幽幽的，和鄰街小旅店的喧囂形成斷裂的兩個國度，也像是我的煙花與佛家人生。

瘖啞雕像剝落粉漆，廟柱拓著一層墨黑，撫觸文字「我願無盡」，心裡竟一陣淒涼。

冷不防走出一個潑墨畫似的出家師父，穿著黃赭色的出家衣，臉色蠟黃，但眼睛爍亮。和出家師父照面，我習慣的反射動作是雙手合十，師父也彎身合十。

背後燻得黃黑的佛眼，目光發亮。那時沉默的我們一路踱步回到小而舊的旅館，旅館小小的客廳挨擠著和我們一樣年輕的背包客，或斜或臥，軟榻的沙發上經常疊著男女身體，有一搭沒一搭地看著螢幕會閃爍的電視，散落矮桌上的零食，有時早晨醒來，年輕人都還沒有回房。我們經過時，也沒有人打招呼，通常一對戀人和背包客是疏離的，彼此不會成為朋友。只有孤單上路者，才會尋找他者。

客廳總是瀰漫著外帶食物，檸檬草與九層塔的河粉湯氣味飄散空中，穿行時，聽到沙發上已經有人迫不及待地想要讓情慾著床，那像是嬉皮還魂似的空間，愛與和平，越南與老美，孤單與慾望……我穿行時，腦海飛過許多越戰博物館懸掛的照片，舉槍涉水渡河的美國大兵，驚慌恐懼的臉孔，血跡與碎片，煙霧瀰漫的叢林……配著嘻笑的聲音。

黑暗中戀人的身體對撞，忽然空氣飄來一陣奇異渾濁氣音的佛音唱誦，唱的是越南曲調，那時黑暗中的我眼角溢出了淚，緩緩地滑過他那有如玫瑰屍斑似的潮紅的臉，白光射進的旅館裡一具蒼白得可怕的身體。

他發現了淚水。用粗礪的手抹去淚，以為是歡愉的淚。

其實是佛音的某種勾引傷感。

這類通俗如流行樂的配音，總能引發奇異的濫情底層，彷彿前世今生輪迴似的傷感，也可能是唱腔幾近哭調的關係，即使隔閡著異國語言，都能聽出腔調裡那股濃濃對眾生貪嗔癡所發出的感嘆，不捨，慈悲。

隔天清晨，又遇到那個師父，他給我一本中文佛經，一翻即見：「從癡有愛，則我病生。但為欲故，關在癡獄。」像是暗示，或者警世，遂使這麼多年過去了，幾個被時光切割的畫面卻仍牢牢地在心裡難以抹滅。

河內舊憶滄桑

事隔很多年，年輕的背包客已成世故的旅者。眼界不斷攀高，腳程不斷遠去，記憶堆疊如一間纏繞著蜘蛛網的閣樓，沾滿塵埃的寶物靜默瘖啞，了無牽掛似的坦然表面裡埋藏著千絲百縷。

一如河內這座古城發舊的身影，燻黑的色澤，塵埃四溢。

入晚，旅館盡頭的小路有兩家廟宇，寺院裡有師父在講經。我也學當地人入座大殿，聽出家師父用越南語講解佛經，完全異邦之語，這時不是用耳朵聽，而是用心聽了。靜靜地將心打開，似也有了一種共鳴之感。

多年前那在旅館午夜忽然流下淚的畫面也已像是前世。少了西方男性，收斂起無邊的野性，自己看起來如此地像當地任何一個行過的女子，只是臉色多了更多旅者的從容與好奇，沒有生活艱辛的奔波與疲憊。

某夜，寺院又走動著許多人流，像是要上演一場劇的熱鬧感。

我和越南人有幾分相似吧，從來沒有被懷疑有一個外邦人混在一起的隔閡感。在大殿聽著，曲藝形式是由一人主唱，拍板和小鼓及琴聲伴奏，仔細聽竟是唐宋詩詞歌賦，只是不太標準，甚至夾雜著漢式越語。

這讓我感到一種魅惑。

聽說當年許多華人逃難至此，一鍋一灶，如此地就來到異鄉，一生都不會說當地語言也能活過大半輩子。

越南今日的語言是用法語拼音，中文字成了華人的遠古似的鄉愁。

彭香花
合家
樂助
香油
越幣
陳庭良
合家
樂助
香油
越幣

新舊雜沓的老城

河內舊城老街的巷子異常狹隘，咖啡館具體顯現法國殖民印痕，當年法國在這片遙遠的東方植上咖啡園，販售財富與掠奪夢想。她帶著幻想，遊走情人已遠的城。她說印度支那是荒誕世界的心臟所在，雜沓紛亂的譫妄、悲慘、瘋狂和生命都積聚於此。那些粗糙的西方遊客正忘形喧囂地走過曾經殖民與殺戮的現場……這塊土地蘊藏著亂象叢生的奇異生命力，但又如此習慣於卑躬屈膝，就像路邊的街肆都很低矮簡陋……而另一方的法式露台夜露華濃。

西方新興時尚店外，成排的三輪車摩托車依在，城市參雜新舊，像是揭去了罩在上空的黑幕，昔日印象裡黝黑的暗巷，於今忙碌如快速轉動的轉盤，背包客駐足廊下放聲浪笑，咖啡館旅館林立，爲觀光客開的絲綢圍巾店、木刻店、繡花背包店、西方名牌仿冒店……彼此比鄰，眞眞假假。

河水環抱的土地上，舊城區旅館遍布，有如溪流河川地流經蜿蜒交叉的街區，入宿此地，即是進入中心的中心，如此我就可以當個無所事事的徒步漫遊者了。

在河內背包客青年旅館入宿，選單人一間，怕吵。年輕人住八人一間的，一天約八塊美金，夜裡仍在廊下喝啤酒抽菸瞎聊，年輕人的姿態昂揚河內舊城窄街——因爲他們本身已經很吵，遂不覺得別人吵。

已難和大眾喧囂掛在一起了，但後來想想和年紀其實也無關，因爲從二十出頭旅行就怕和別人住，也怕吵。觀音菩薩聞聲救苦，入聲流而得道。我卻常被音波聲流趕跑，心還是耐不住吵。

THÔNG TẮC

河內舊城的巷子異常窄仄，人潮流動的市街聲音像洪水似的灌進耳膜，我感覺耳蝸藏著一條河道，音波蜿蜒在耳朵裡，吸納聲音的歡喜或者哀傷，咆哮或者呢喃。

窄仄之城也有好處，容易閒逛慢走。路邊梧桐樹和教堂是顯而易見的殖民遺跡，路旁無數的咖啡館和法式門窗、法式香水店、美容美髮店，今日都還能循法蘭西的腳步前進。

夾雜在歐美風情之外的才是道地越式生活，比如街上河粉炸物等吃食，絲綢手工藝，編織器物等。外表改變容易，生活習慣卻難更替。

除了喝咖啡的習慣保有殖民濃烈色彩外，大抵越南人還是過著自己的飲食男女生活。角落擺著祖先牌位，祖先牌位寫的地址已是異域，回不去的源頭，只存意念與形式的祭拜。拿香拜天主聖母的畫面也是有的，或者媽祖旁邊擺著玫瑰聖母。

種上一棵咖啡樹

咖啡館瀰漫著法式殖民風情，觀光客坐在那裡的姿態像是個抽大麻的老爺，帶著睥睨的眼神。

河內市區咖啡館之多，令我在白日閒晃裡有許多落腳歇息看書之處。這是漫遊最大的便利，且咖啡價格不高，氣氛也都悠閒（除了說話大聲點外）。我常去的地方咖啡館（La Place）在河內市中心地標聖若瑟教堂旁，從旅館走路五分鐘即抵達，遂成為我日日報到的咖啡館。兩層樓的咖啡館，一奔就奔至二樓的陽台咖啡座，可

以眺望樹影街心與教堂廣場風貌。當年法國人在這片遙遠的東方殖民夢土種上了咖啡樹，販售財富與夢想，驅走了中國茶的影響力。

越南咖啡甜滋滋，加濃稠煉乳，濃得化不開似的交融著。

我帶著遐想，日夜走在濕漉吵雜的街巷，喝越式咖啡，街上店鋪門廊與騎樓天花板懸吊著彩色的編織袋，來自寮國柬埔寨與北越沙壩地區的編織袋，混著民俗豔麗的色彩裝飾著整條街區。

越盾隨便起跳都是上萬，常給錯錢（多一個零），買一根玉米十萬元，給了一百萬元，轉身離去想起給錯錢，再回去解釋說明時，已是雞同鴨講。但這類錯誤，幾乎每天都在上演，鈔票後面那麼多零，大太陽下加上喧囂人潮在四周流竄，不僅常眼花還耳鳴。

教堂四周，法國字像是高檔象徵，「La」法語字詞尋常入眼。聖若瑟教堂帶著巴黎聖母院的影子，教堂內的婚禮儀式結束後，忽然廣場就充斥著喜悅的聲響，教堂鐘聲不知敲了幾回，人群的臉上掛著歡喜，圍著走向婚姻的戀人道賀著。

我眺望到新人的表情，好年輕好未經世事的神情，越南人結婚得頗早，戰後嬰兒潮正好都趕上這波婚禮熱潮，一九七五年戰後的孩子也都成爲父母了，時光把越南的歷史削得很薄很薄。

削薄到傷口如一節掉落的完整煙灰，禁不起一絲碰觸。

不遠處的幾家酒吧傳來觀光客的喧擾聲響與ＤＪ放的英文歌曲正響著。

越戰記憶現在只存於紀念館與檔案室裡，以及倖存者和老人的腦海。

而我也是老人了，作家永遠像是老人，不斷進入過去，想要找出那些關鍵的按鈕，如果當初按鈕沒有被啟動該多好。我即使沒有經歷別人的戰場，卻不斷地以筆墨滑進他國他族的傷害歷史現場。

整座城市人的胃囊

夜幕才降下，四周的人流就彷彿從午後遙遠的昏睡中爬起，臉上還沾著夢，白日的夢不難解析，悠緩得像是熱帶氣流，只是慵懶昏慢，暖洋洋。

就像越南人的人生一目瞭然，人生多在街上發生。穿過每一條街永遠都是熱騰騰的街食，每一條人行道上都會有人招攬我買東買西，每進出一家商店門前恆是喧囂的一團人坐在板凳上嗑瓜子。有一回在機場內的咖啡館裡，一片安靜下，忽然傳來喀喀喀的細響，我一轉頭只見櫃檯小姐無聊地嗑起瓜子來。非常越式的街上聲音，忽然從聲音轉成畫面。

許多茶館不像茶館，倒像是我們設在廟前大樹下或者稻埕廣場前的攤子，小小的矮板凳就是桌子，玻璃杯盛著果汁或者茶水，一盤盤瓜子等著聊天時吐出瓜皮，行經時，粗獷的語言交錯，我的鞋子踩碎許多瓜子皮。

從他們的臉上我讀到疑惑，疑惑寫著對我的好奇：這個人沒朋友啊？這個人晃來晃去在幹麼？她怎麼這麼可憐，老是一個人？她是啞巴？她一定很難搞？

聽說無殼瓜子是從每一張監獄受刑人的嘴巴裡被吐出來的，他們放風的工作就是幫生產瓜子零食的企業

這古城，瀰漫著氣味，沿著街食人生，
彷彿看盡整座城市人的胃囊。

「嗑掉」瓜子皮，反正受刑人時間很多。

許多街上的人都望著我落單的身影瞧著，一個東方女子（且他們以爲我也是越女）在街上四處亂晃幾乎是不太可能的，他們習慣一夥人，是群聚的生命體（不難想像越女孤身一人嫁到台灣的艱難處境）。就像螞蟻，沒有落單的。街上一個人走的樣子，都是要去辦事情或者是回家的表情。只有我看起來無所事事，沒有哪裡要奔赴，甚且帶點呆滯。許是天氣太熱了，我還沒適應的惶然，加上陌生地不斷得找路的惶惑感，還有我不太敢過馬路……如此總總都是他們不瞭解我的行徑。

越式風情藏著被殖民的印記。然法式的浪漫卻沒有影響到務實的越南人，越南人精瘦卻強悍，看不到胖子，努力找胖子，卻頂多找到稍微帶肉的豐滿女人，一點也稱不上胖。

這古城，瀰漫著氣味，沿著街食人生，彷彿看盡整座城市人的胃囊。

他們的腸胃應該不錯，幾乎每天都有炸物佐伴，炸水餃、炸燒賣、炸春捲、炸臭豆腐、炸米線……油鍋的油感覺從來沒換過，也許沾的魚露與檸檬片蓋過了油味。

河內城區到處可見到肩頭掛著扁擔的挑食女人，賣水果、賣炸物、賣河粉等。攔下挑著扁擔的流動攤販就像在攔計程車似的。他們停下來後，會放下塑膠矮板凳給客人（連塑膠板凳都挑在身上），板凳有多種用途，既是煮食的臨時小桌，也是客人臨時的歇腳處。打火機也帶著，熱盤上可以隨時點燃火苗，開始炸越式春捲與臭豆腐等。籃子裡的食材有涼河粉、豆腐、春捲，還有香菜、魚露、調好的酸辣椒醬等，剪刀更是必要工具，食材多是用剪的，俐落極了。但我吃得太慢，會影響她四處流動的生意，她比畫著手腳，意思是請我吃快一點。但炸物吃不多，在語言不通下，她爲了多賺點錢，又多剪了不少條春捲自行放到我的盤子裡，只好默認了。快速吃著，將沒吃完的請她包起來，我一直坐著，她不好流動跑街。

除了定點擺攤的，這類流動攤販都是隨招隨停，在街上就蹲下來賣，客人也蹲下來吃。一切都是「蹲」著進行，常常路過街上，得閃躲這類在街上大口吃的食客們。

越南人「蹲」功眞好，看來沒有學立樁功夫實在可惜。「挑」功走路的能力也很驚人。挑扁擔賣炸物的女人，突然把扁擔往我身上一放，我身體頓時失去平衡倒一邊，她看我的尷尬模樣發出呵呵大笑，我心裡苦笑著，但也不好發怒，因爲頓時體會這扁擔之重，掛在瘦弱的女子身上，實是每天的艱難。但她們掛在臉上的神情泰半多笑笑的，如果生意上門，牙齒更是爲陌生人展露。我看她們沿街賣物很辛苦，就讓她按了快門。當然目的是希望我買東西，花了二十萬越盾買了一包炸食，有點像是炸麵糰小兩口的口感，非常油膩。

流動的小販，常讓我想起年輕的母親。

年輕的母親還魂到當代的越南，越南的時間腳程被戰爭拖沓到現在。

日本語メニュー

BURGER KING

SUNFLOWER

光明又灼熱之地

白天或夜晚，常常走一走就晃到了還劍湖。

還劍湖的湖邊走動著年輕戀人，水色倒映著霓虹燈。走在湖畔兩岸的咖啡館、酒吧、精品店，讓我這樣的漫遊者感到很寂寞。永遠流動不止的摩托車流在入夜形成了燈河。

河內涼爽，穿越梧桐樹影時，有時會遺忘自己在越南。

每一座城市都被西方的精品店裝點得很相似了，這種隱形的物化也是某種殖民的變形。

在河內的心臟地帶，我看到婚禮葬禮並置，我見到哀歡一體，我目睹青春與老朽，我瞥見貧窮與富庶。入夜有街頭唱歌的人在湖邊賣藝，湖畔精品店人進人出，恍如越南人急於改變左派窮困的購物變身跳板。精品店外有保全，年輕女孩們在挑著包包或者試穿從歐美來的鞋子，法國殖民了他們，美國丟子彈給他們，現在這兩個國家都變成象徵物質的夢幻地，閃亮的包包與華麗的皮鞋，等著變身的女孩外面沒有接她們的南瓜車，接住她們自己的只有緊抓住這些漂亮的物質。店家公開賣仿冒的名牌包也似乎顯得如此理所當然，錯落在西方名牌或仿冒商家之間的是絲綢、雲南繡包、剪紙、珍珠工藝和一些奇怪的禽鳥蛇店。

有花園的店家入口，常見籠子關著恍如被熱帶曬昏而靜止如死的巨大蟒蛇。

這畫面常讓我想起莒哈絲有篇小說〈蟒蛇〉，她把故事裡白日蟒蛇意象和夜晚到來老處女校長的怪行徑結合在一起，象徵肉體的交換，在太陽的光線中，事物顯得那樣地平靜，像是彼此的「吞噬」。「邪惡的和吝嗇的，順從的與隱蔽的……」

女人就是身處在這樣的奇特可怕的世界，冷血的和沉默的「蛇」在莒哈絲的目光中卻產生了變化：「光明又灼熱的」，夾糅著恐懼與柔軟的迷狂激情，就像人類終其一生的處境：「永無安寧，不知疲倦地生活到結束。」小說用蟒蛇來象徵這樣巨大的事物裡所無能的空洞，只能冬眠。蛇的光滑也和女校長的裸體產生了意象連結，莒哈絲也曾用來形容母親的身體，「母親沒有過快感。」莒哈絲寫道。蛇的冰冷，這時又再度被拿來隱喻。

母親沒有快感，但莒哈絲寫自己這個「女兒」角色卻是：「我十五歲時，就有一張淫樂的臉。」這句話從我進入越南就一直漂浮在旅途的腦海裡。那是何等的淫樂？

三歲至七歲，莒哈絲幼童時光

一九一七年到一九二一年，莒哈絲在這裡度過她的三歲到七歲的河內時光。

我在河內舊城，看見城市與自己的漫遊外，也試圖找著童年的莒哈絲，但沒有找到太多。

僅有的尋訪是透過殖民法式房子，還原想像幼童時她跟隨父母親以及哥哥來到此地的生活印痕。

三歲到七歲，僅僅四年，她留下了幾張和父親的全家合影，也是唯一可以見到莒哈絲父親的身影。

她說寫作源於「童年的惡意」。

什麼樣的童年惡意？就是命運帶來的不幸，不幸是一種惡意，作家通過筆墨轉化了惡意，同理心地化解了惡意帶來的不幸感。

那是一場悲劇吧。莒哈絲的父親帶著一家人來到河內報到，病體與新職都是難題，逼近的忿怒源於難以承受這紛亂的世界，這使得莒哈絲這家人在全家福的照片裡，竟無人微笑。

沒看過那麼哀愁的「全家福」照片，像是眼前不是一台照相機，而是一台播放人生苦楚的機器。或者是一台正對著自己發射什麼可怕人生的怪獸？

那時莒哈絲四歲，父親也在，是她少數照片裡有父親身影的影像。

她傍在母親身旁，後方是河內法國風格的宅院門前，屬於她一生血脈的家人都在場，像是預知日後人生即將上場的哀歡離別，每個人都憂心重重。

那是她父親最後的身影，可以看出她和父親有些神似。

她和父親既切割卻又連結，擺脫記憶卻不可得。記憶與遺忘的衝突，死亡和痛苦的雙重奏。或許源於童年時的流離，父親的早逝，隱藏在這張照片的預言，一張預知死亡記事的照片，留下了他的最後身影，她和父親。

她的墨水日後很少提及父親，但因爲用了莒哈絲這個地名，父親又尾隨在每本書的名字上頭，看似離開實未遠離。在她的小說裡父親形象其實多軟弱無力，「我父親死的時候我年紀很小，當時我的情緒沒有絲毫的波動……一點也不悲傷，沒有眼淚，沒有問題……他是在法國的旅途中死的。」因父親死亡時年紀太小還不知道悲傷，一直到她的狗死了，她才懂得悲傷是怎麼回事。「我沒有父親，總之我有父親的時間非常少。」父親是一個家庭的專有名詞，而不是感情上的名詞。

不會結束的童年時代

寫作，是一通往過去的路徑。

慾望，老邁，死亡，森林，河流，貧窮……這就是河內最初進入莒哈絲腦海的景色，這景色連結著父親的死去，河內很少出現在她的敘述裡，比起西貢，河內就像一抹模糊的傷心影子，想要捕捉卻只是幻影一逝。

寫作很自然地「自映」著作家，對死亡的體會，對痛苦的描摹，孤獨早已是生命最熟悉的靈魂故里了。我在河內聞到化身成命運的氣味，這氣味就像河內的塵埃混雜著自然與人獸流動的氣息，瀰漫在光影中的雜沓人間悲喜，清楚經歷卻又難以解析，這就是莒哈絲童年在此的命運光影。

「童年時代是不會結束的。」童年的經歷成爲日後敘事的基石，作家有童年就寫之不盡了。寫作既在尋找空間，也在重返失去的時光。

她帶著童年光暈來到了小說史詩的現場。

聲音色彩和一瞬之目，融入了慾望與艱難的生活，早熟炎熱乞丐痲瘋病雨季稻田森林貧困……無聲之歌，琴聲如訴的慢板。

這一切都源於童年的惡意，河內的父親最後一抹身影予她的無盡孤獨。回到法國崩逝的君父，遺下母親與孩子。某夏夜的雷聲裡，作夢的母親醒來流淚，告訴孩子們，父親死了。

河內，先是她最初的世界。

最後才流動到她的作品裡。

然後長成目眩神迷的少女。

寫出眼花繚亂的狂迷之愛。

一如她寫的：「我們並沒有要飛黃騰達，我們只是想要走出現狀。」

但現狀永遠像是黃絲帶纏住了舊夢，拉住我們不斷想飛的腳程啊。

水逝人生　西貢

天氣熱，也跟著編起麻花辮子，於是就有點《情人》的味道，莒哈絲少女年代附身的幻覺。數年前，年輕的我抵達這座城市時，連灰塵都聞得到苦的氣息，與我擦身而過的人隨時都散出哀愁的眼神，濃得化不開的貧窮辛酸幾乎沾黏在我的每一口呼吸裡。

揮之不去的是殘留在這座城市的隱隱哀傷揮之不去，那種哀傷很奇特，說不清的，像是沾黏過久的陳年塵垢，化成漂浮太空的殘骸，暗夜的封印。

河內，先是她最初的世界。
最後才流動到她的作品裡。
然後長成目眩神迷的少女。
寫出眼花撩亂的狂迷之愛。

Une femme, une vie, une œuvre

Construire dit-elle

La colonie : ainsi vivait-on en 1922 en Indochine... Marguerite a 8 ans. On la voit ci-dessus à la droite de sa mère, entourée de ses deux frères, Pierre, l'aîné, et Paul, et de trois serviteurs annamites.

Le temps de l'Amant. Marguerite Duras attendra plus de cinquante ans pour révéler sa première et scandaleuse passion pour un milliardaire chinois.

A 16 ans, avec Marie Donnadieu, sa mère, qui est institutrice. La famille fait partie de ces « petits Blancs » pour qui le retour en métropole sera un arrachement.

Une escapade en Bretagne avec son ami Jean Lagrolet, à l'automne 1940. Elle n'est pas encore écrivain, mais son personnage de femme rebelle s'affirme.

Avec Pierre, le frère aîné qu'elle décrit comme un pervers capable de tout. Elle partage pourtant avec lui ce charme un peu sulfureux auquel nul ne résistera.

2 / LE NOUVEL OBSERVATEUR

多年前，那場被餽贈的旅程，旅程不為目的地，也不為過程，只為了旅行的這個伴。

他來到面前，問我有空嗎？我點頭說有空，於是我們去了河內，來到西貢，那時旅行對我還很新，新到還「記不得」細節與城市種種，世界還沒被眼界打開，心眼很微小，老盯著眼前人的步履前進，比漫遊還漫遊，比貓旅者還像貓，就是賴在旅館房間也可以，宅女的世界異境就是把他城過得很像母城。那時青春，去異鄉的行李簡單，不用瓶瓶罐罐，也不用藥包藥盒，幾件薄衣T恤短褲就可以成行。

亂烘烘的機場，每個與我錯身者的目光都帶著熱騰騰的殺氣，我知道我被誤認為從鄉下來的越南妹，「釣」到一個藍眼睛。

其實哪裡也沒去，拉開窗簾就有西貢河風光犒賞，除了對望彼此那具蒼白的身體風光之外，窗簾之外的西貢河是唯一吸納的景致。

晨霧的河與夜夕的河，交替了四天三夜，直到戀人離去。

我離去　我抵達

起初我是如此地失望，觀光客像蝗蟲來到這座城市，經濟迫得當地人得了歷史失憶症。記憶被封存在越戰紀念館陰幽的玻璃櫃裡，那些廢棄的子彈，那些目睹後將惡夢連連的災難照片，那些被運送到手工藝中心整日洗著製作蛋畫的坐輪椅軍人？

然而當我晃蕩在此城越久，我越是明白巨大的傷痛越是難以表達，一切得悄悄掩埋，不然如何繼續下一步的旅程。

我理解這座城市要面對創傷必然得走向有尊嚴的經濟發展，然而經濟卻又沒有帶來生活的尊嚴，反而加大貧富與階級的對立。種種必然導向的經濟發展，以勞動換取溫飽時，我深深明白這座苦難城市的偉大不在數字，而是在每個越南人辛勤勞動的背影裡。

沉香是從樹受傷的傷口所增生的樹瘤，很多年前，我就告訴自己傷口要癒合只需要時間，所以癒合不算什麼，但要在傷口處長成有如高貴的沉香般，傷口才是真正的癒合。

樹猶如此，人呢？還有一座受傷的城市呢？

這麼多年，我上路，我抵達，我離開，多少城鎮的傷口也疊映在我的傷口裡？逐漸增生成生命之樹的瘤。

肯定的是越南是一座掩埋著傷口的城市，在我的旅途印記裡。

越戰獵鹿人

越戰受傷的民兵今日成了被參觀的手工藝人，手不斷地洗著蛋畫，手的掌紋逐漸被洗得消失了。

我這一生看過太多傷心事，看過太多藝術品，但沒有哪個類型的藝術品與傷害性結合得這麼深的「媒材」。彈殼變成蛋殼，細碎的蛋殼拼貼成畫，十分需要眼力與手感。

或許沒有掌紋也就不用知悉命運的發展了。

他們困在這分寸裡，遠比過去叢林原野河水廝殺對打竟都還要艱難。

如果掌紋藏著我們一生的「壽命，愛情，婚姻，智慧，事業，子女……」的祕密，那這些製作蛋畫者，大概都是命運的逃逸者。他們自此不再過問未來了吧，小小方寸之地，輪椅的把手與桌面的距離大概就是世界了。

我很不習慣這樣地堂皇參觀著別人的苦難，但當地導遊說，這是幫助他們的，因爲我們在這裡買的作品都是回饋給這個組織。一批觀光客下來，又是另一批觀光客上去。我觀察買的人微乎其微。

買了兩片雙魚蛋畫，作爲小小的紀念。

阮文追大道，一個試圖把右派國防部長炸死的年輕人，後來成了英雄。鄧垂簪護士抵抗的事蹟，在低矮如螞蟻洞的越戰地道穿行，在戰爭紀念館重返戰火的時光裡，我看見傷害靜靜地窩藏，如地洞裡強悍蔓延的樹根。

睡著與醒來的房間

胡志明市背包客旅店的這間房間小巧，簡單。鬼佬們穿梭街上，範五老就像一條集結各國國族的縮影印記：美國人中國人法國人英國人……在這裡流動著，現在沒有人談傷害這種字眼了，現在是生意當道。

房間，旅途一日的起點與終點。抵達與離開的地方，睡著與醒來的地方，寂寞或激情的地方，哭泣或微笑的地方，新生或死亡的地方。房間爲每個人留下私密的故事，愛慾在房間著床，新生與死亡在房間的床。房間可以使人與世隔絕，房間也可以使人沉睡入眠或者失眠難熬。

房間，收留異鄉人的唯一港灣。

網路訂房時特別註明：一定要有窗戶，形容自己患有「無窗的空間恐懼症」，以迫使他們會爲我留一扇窗。

因爲越南很多旅店的窗戶是「假的」，畫上去的。

開了門，看見密合的窗簾，心裡安然想確定窗戶。拉開窗簾，確實是有窗戶，但窗戶對著一面白牆。所幸三月份的明媚陽光仍射進屋裡，飄進的空氣和熱帶的風都有著濃濃的西貢味道。

殖民帶來的女人原罪

白日喝椰子汁，放在腳踏車的籃子上擱置著白饅頭似的去綠皮椰子，一路從舌尖冰涼涼地涼到了胃，還會在大熱天裡起雞皮疙瘩的就是喝冰椰子汁。用刀子往厚皮裡鑿開一個洞，插上吸管，遞給小販十萬元，好大的幣值，卻是好小的價值。我往塑膠板凳坐下，吸著椰子汁，任路人目光朝我射來。男人們蹲在路邊喝茶哈菸聊天，女人多在勞動勞心，閒的女人旁邊還有個藍眼睛，在他們的目光裡看起來就是妓女。我像是渾身不潔似

Duras
杜拉斯传
越南
Vietnam
闺中女友
L'Amie

的，只因他們以為我也是越女，身旁多了個藍眼睛。洋人在這裡有法式殖民的原罪，女人身旁伴著一個這樣的人，也會解碼成被金錢誘惑的人吧。

人與人之間的身體常靠得很近，炎熱的天氣誘發出來的是汗水，而不是慾望。炎炎熱天，不變的季節，身體被陽光曝曬得失去細緻的感受，侵略性的日光使物體失去邊界，輪廓被光照得潰不成形，心像見光死似的頓然枯萎。終日閒蕩在西貢，人像是航行過久的水手，吸了太多輪船釋放的惰氣導致了身體懶洋洋的。懶洋洋的，連招呼人都不經心。

黑夜的輪船號

傍晚去看西貢河，拆散情人的港口。

渡輪沒開，情人已杳。

唯獨莒哈絲如毒氣的魅惑文字盤旋腦海。

如果沒有愛，將如何度過這條人世之河。望河時，我的心裡浮上了這句話。

有些愛平靜無波，有些卻會在生命裡引發滔天巨浪。

從範五老街的起點走到盡頭，走了很長很長的路，才抵達西貢河。

法國殖民風情殘留在河邊樓房。

幾乎是用狂奔的步履才能從街岸到河邊。狂奔在如鯊魚似的十字路，即使是綠燈仍然車流阻絕，但還是差點被一輛摩托車撞到，他還用越南話罵了我一聲，意思是我怎麼「走」這麼慢？

這條河是中國情人遠遠躲在一角目送莒哈絲返國的輪船遠離之地。

現在西貢河港灣停泊的是觀光船，船舷閃亮著霓虹燈，閃爍著食物與大眾簡單的歡樂音樂。

這條河拓印著莒哈絲離開越南的命運形象，現下毫無別離與鄉愁的氣味了。

河水曝曬陽光後，顯得暖洋洋的，食客紛沓而至。

從貨輪上走下的水手攜著臨時戀人在岸邊漫步，頗有今宵酒醒何處的氣味。

沒有落單走在路上漫遊的越南人，他們的群性很強，任何街角都簇擁著一團團人。騎樓下，商店裡，他們會拉著矮板凳坐在一起，嗑瓜子聊天，玻璃杯內是茶葉或者果汁。或者聚在路邊吃河粉、炸春捲、炸豆腐……總之不會有一個人在路邊漫遊，如果是一個人一定有一個他得奔赴的目標，奔赴目標地點後就不會再是一個人了。

他們看著我眼神奇怪，是因爲他們以爲我是越南人，但怎麼會孤單一個人？這人沒朋友啊？這人失戀嗎？這人神志失常嗎？

和我之前漫步河內時，街上人們集體投射給我的目光有著狐疑的神色相似。

在這裡應該很容易得到熱帶瘋狂症。

熱帶傷心，寒帶傷肝（憂鬱）。

亞熱帶傷情，我不黑不白，正是亞熱帶來的女人，一點瘋狂，更多的感性。

VEDAN

好在已習慣在異鄉「被觀看」，這種觀看就像在旅途裡有人突然給了一張寫著電話與名字的紙般輕盈。

我在某處海岸坐下，一動也不動似的望著大船上甲板的水手。

靜默的時間好像足以讓這樣的觀看得到視覺的滿足了。

如果用莒哈絲的語言將會是：「長得就像一次做愛的時間。」時間長得像是能夠永遠互屬的錯覺。

不靠岸的水手是爲了什麼？不下船的水手是爲什麼？肯定不是海上鋼琴師那個要與船共存亡的害怕陸地者。是得了熱病風寒嗎？還是這座港口沒有他想要讓身體碇錨的氣息？但他看著我，我們對看滿久的，久到我有想要走上船的慾望。

「我不是一個可以把自己的身心交到所愛者手上的女人，即使此人是我在這世界上最親愛的人。我是一個不忠的女人……」每個人都該保有一個人的去處，保有一個地方不被進入，保有可以單獨待在那兒的私密地，愛待多少時間就待多少時間，在自身中保有這樣的私密位置，專屬自己的愛情私密地，我適合偶爾來到這種獨有的地方，任何人都不被邀請進來的小小之地，和自己談戀愛的私領地。

我一直保有這樣的小地方，只給我自己，即使我找到這世界最親愛的人。

很小很小的地方，供我流淚狂喜靜默的方寸，一塊如蛋糕般小的地方，卻可以裝下整個我流浪過的世界。

那就是寫作，寫作時任何人都必須想起，但也必須遺忘。任何激情都必須被燒起，但也必須被冷卻。

愛情是爲了解救寫作而來的，寫作也是爲了釋放愛情而來的。

「寫作解救了不明確的愛情，只有能夠變化的寫作才能比死亡更強。」

我不懂愛情，但我覺得愛就是看到，看到你。

你是誰？我問著平靜的河水，水手在黃昏的餘暉中，閃爍著航行的肌膚，金黃麥田與藍色海洋染在身上，距離遙遠都能聞到那股漂泊的魅惑。

她告訴我，她和走船很多年的東海岸漁夫的事，她記得她跟他的第一次，漁夫像達利的時鐘畫軟塌成一片，她感到十分艱難，因爲要安慰看起來如此強壯的海員，安慰本身成了難題。陽光小麥膚與流動體內的藍色血液，都不能保證歡愉的印記。她說後來沒多久就沒在一起，但總是很怕再遇到他，性愛的失敗會導致一種尷尬，「像被曬乾的飛魚，攤開兩片翅膀，卻再也無法靠近海床了。我感覺自己就是被漁夫釣起，上岸，剖開，曬乾，張開開的，卻什麼也沒有，只有海風穿過虛空，什麼也沒有……感覺被誘騙似的。」女友笑著，張開手臂，扮演被釘死在漁網等待曬乾的飛魚，果眞成了魚乾女。

「小心海員的誘惑，陽光膚色會騙人的。」他們在海上航行過久，很多地方都被海風大雨給吹得生鏽了。

我想起往事的對話笑了起來，前方水手見我笑，在甲板也笑著，搖晃手中的啤酒向我致意。

不能下岸的水手，望著河邊的我，像在看虛幻的電影人物似的，最終悵然地走進了船艙。

吹風許久，都不復見這個陌生水手。

白日將盡，粉紅色與藍色都交織在最後一抹金色的豔光下。熱帶逼出白日的溫度，空氣瀰漫著氤氳渺渺，晦暗的海面上偶爾傳來汽笛鳴響的大船離岸聲響。

這時候我會不由自主地想起一些人，不由自主就是念頭突然如海水悄悄漲潮，岸邊毫無準備地就受到狂襲了。

情人是伴著河流來的。

情人也是伴著河流走的。

情人是伴著河流來的，被湄公河送來的情人，使得往返於永隆和西貢的渡船充滿了湍急的激情，日光照射在情人的身體，如絲綢般的蒼白身體，一切都在等著開始，等著被進入，等著被寫成故事。

情人也是伴著河水走的，被西貢河送走的情人，使得中法之間的地標式愛情自此斷絕，往後能聯繫的是記憶與她的打字機。她不再重返童年的印度支那，而他自此活在遙遠的身體鄉愁，無法自拔。他的妻子將非常不幸，因爲他得靠著幻想另一個女人才能靠近他的妻，完成一次又一次的失落，直到身體不再需要盡其義務。慾望之火是怎麼熄滅的？只要不再添加柴薪，總有燒盡之日。怕的只是不斷地丟柴薪到慾望的黑洞，反覆熱了冷了，這是最哀愁的一種活的方式，因爲慾望永遠不會因爲起了火就溫暖了生命，相反地那種火有時像地獄之火，苦痛而無法安寧。

我明白這種去而復返的慾望之苦，她知道這種反覆燃燒冷卻的慾望只是被記憶堆砌出來的幻覺。

我在很年輕時就極其無知或無明地一腳踩進了身體的慾望火坑，現下這火看來已剩星星之火了。

但星星之火足以燎原，往昔的慾望溫度仍高，我得小心在星星之火完全熄滅前，不再讓無望的愛情火苗焚燒在我的生命草原。小心看守慾望？或者把慾望轉爲動力？我很佩服很多男人可以把愛情當三餐，把情人當空氣。或許因爲少了這種椎心的糾葛，所以男人的專注力一向比女人好，以至於大企業大作家大廚師……幾乎都是男人的天下。女性從事者多，但眞正站在顚峰者少。愛情瓜分了她們太多的能量，女人某年齡的生育渴望與太在意細枝末節，都影響女性個體前進帝國版圖的可能。

每個異鄉旅程，我總是再三提醒自己，身體不過臭皮囊，慾望不過是柴薪入火，別執著。能觀能自在，大千世界才能化爲觀察對境與己心妙用；能觀卻不自在，觀察對境成了罣礙，成了朝思暮想的客體，心被綁架，當然不自在。

我知道我是一個很容易融入對境的人，同理心雖高，但最後也常被同理心吞噬，進而受對境影響，受對境擺布，受對境牽引，原本是我要來改變對境的，結果卻是被對境改變。對境心不動，此是我一生的課題。

沿西貢河獨自漫步，和我錯身的戀人遺下歡樂的笑聲，那些銀鈴笑聲恍如剛出生的嬰兒，我可以從笑聲聽出戀人相愛的深度。

看著面目倒映河水，我想來想去，念頭如潮水洶湧。

試圖還原，如果我是一個十八歲少女，即將離開出生成長地，以及身體的初體驗地，我的心情會是什麼？或許離開時總是一副無所謂的神情，隨著前進的茫茫大海，傷感總是會來。

大船駛離西貢港口，隨著陸地的消失，忽然船艙傳來華爾滋音樂，莒哈絲的心被鉤住了回憶的血肉，頓時抱腹蜷曲在角落，流下傷感的淚水。自此她知道越南是她生命不可或缺的鮮明地誌，中國情人是她前進巴黎的一抹藍色子夜，隨時光黯淡，月色並不會消失。

年輕發生的事即使隨著時光褪色，卻不曾切斷。我們藉著許多經歷拼貼生命的版圖。

西貢河遼闊，堅強，明媚，沾滿異鄉人與觀光客來去的海港氣味。

湄公河傷感，傷心，幽暗，混沌，塗抹著一股濃濃討生者的哀愁……

愛情發生在湄公河，愛情消失在西貢河。

我在這條河聽見哭泣與耳語。

莒哈絲如毒氣的魅惑文字盤旋腦海。

她曾經說她全部的書寫就是根源於這塊土地，湄公河三角洲豐饒的田園風光，在這廣闊的靜默裡，在悠揚的水聲淙淙裡，在綠絨絨的淨土裡，其實埋藏著無盡的夜與夜，貧窮者的哀愁與擔憂。從童年到少女，莒哈絲看過太多飢餓的死亡，看過遺棄者，見過女乞丐丟給母親嬰孩，目睹因為太平洋衝垮防波堤而陷入忿怒與瀕臨死亡與瘋狂邊緣的母親。

童年與少女發生的事情就足夠寫一輩子了。如歌的中板，不斷的主旋律，迴旋賦格出「水稻田、叢林和寂寞之間」的黑夜淚水與苦痛。那個瘦削又神經質的童年，出落得迷人魅惑的小女生。莒哈絲甚至比較像越南人，她覺得自己不太像法國人。那時她總是光著腳，日出日落就是時間，迷惘地觀看著河水飄著的水氣，薄暮下她的臉龐被絢爛夕霞照映得恍如在燃燒。

當年不確定那是否是一種「愛情」，還是那只是一種殘酷際遇下的身體遭逢，多年後，她知道這份感情是奇異的，變形的，但湄公河彷彿可以洗去愛的罪孽與惆悵。

愛定格在故事中，愛化為湄公河的泡沫。湄公河就是她的母河，聖河，恆河。它始終和莒哈絲無法切離，始終是彼此的水融於水，始終是她世界的中心。

莒哈絲的作品就像三角洲，不斷地被湄公河沖刷出豐饒而雋永的一連串字詞。

如往昔的印度支那，錯綜複雜卻又能自由自在地感知光與色彩，語言與韻律，蓬勃地綻放生命力，埋藏著

Marguerite à 15 ans et demi. C'est à cet âge que, sur un bac qui traverse le Mékong, elle rencontre le Chinois. A dr. : Huynh Thoai Lê à 20 ans. Douze ans
"L'amant" ou l'impossible aveu retenu cinquante ans
Née Marguerite Donnadieu en Indochine, le 4 avril 1914, elle puise dans le décor exotique de son enfance et de son adolescence un trésor de souvenirs qui va nourrir
son œuvre. Son père, professeur de maths, a installé la famille dans un palais des bords du Mékong, mais il est mort alors que sa fille n'avait que 4 ans : Marguerite, ses deux frères et sa mère – « la mère » devenue institutrice qui se ruine en achetant des terres inondables et tente de dresser un barrage contre le Pacifique – font désormais partie des « petits Blancs ». Toute jeune fille, Marguerite rencontre Huynh Thoai Lê,
A 18 ans, elle aime porter crânement des chapeaux d'homme.
Près de sa mère, qui ne sourit jamais, en 1932, au moment où Marguerite va quitter l'Indochine.

濃烈的感官氣味，提煉成青春永恆的哀愁。情人的魅力，以異國情調提的味。

漫長，悠遠，細碎，纏繞……我只當自己是個朝聖的旅人，每一個間隙都是驚心動魄。

夏日的幻覺

莒哈絲不喜歡夏日，她卻在這種永恆的夏日之地度過了十八年。

「夏天是沒有變化的。」她的小說到處都寫到「夏天」，從初夏寫到傷心的夏天和不祥的藍天，可怕的酷暑，盛夏的幻覺，在海邊沉淪的夏天，夏天是不幸中之大幸的前奏曲。

季節不只是自然，而是屬於精神的事物。

她有一本作品直接就叫《八〇年夏天》，這是一個關鍵的作品，通過書寫「波蘭」的災難來隱喻全世界的痛苦，通過一個未完成的回憶，探索愛情存在的所有痛苦，從痛苦裡再新生愛情，而愛情也就是包含著寫作的全部慾望。

夜幕降得很晚。沒有變化的夏天，穩定得叫人害怕。

她說最糟糕的是沒有愛情。

很多人誤解莒哈絲如此需要愛情，其實愛情只是一種便利說法，它更多是象徵「生命力」的死去。

在這座流動的城市。

我感覺自己是一個瞭解所有傷心事的人。

西貢河沿岸有很多豪華旅館，房間可以俯瞰大海。

陽台有男人女人，但沒有具有吸引力的人，我知道，我看一眼就知道了。

船上更是沒有，連愛都匱乏，只有虛假的霓虹燈與魚露河粉串燒的氣味飄在河水上。

寫作的奢華和談愛情的奢華都是我此刻的奢華隱喻。

離開觀光港灣，航行的大船靠岸停泊。港口引道人緩慢地引導著大船入港。

我看著靠岸的貨船，航海的異鄉水手正在下船，西貢河的夜慾邂逅才要開始。

就像莒哈絲的小說，情人微不足道，重要的是對愛情本身擁有的那種奇特熱情。

於是航海之必要，生活並不必要。

於是生活不必要，必要的是創作。

那就切斷老舊的繩纜，開始重新啓航。

老舊的繩纜只存於記憶就好，啓航要隨時帶把銳利的刀，隨時切斷纏住我行腳的貪愛繩索。

黑夜輪船號航行到黑墨水似的海上時，西貢的夜晚才緩緩降臨，天黑來得晚，夕霞豔麗的色彩駐留天空頗長，就像一個美麗的夢不忍醒轉。

我看著岸上的陌生異鄉人與路邊流動的摩托車流，熱帶海風吹在肌膚上，有點溫暖，緩緩烘焙我早已冷掉的心。

望著海，我告訴自己去遠征長途的寫作吧，就像一個水手踏上了航海之旅，在許多港口上岸或者不上岸。

至於所愛，就像夕霞，很快就會被天幕遮蓋而失去呼吸的能力。在慾望忽然來襲的寂寞旅館，冷不防它們會狠咬你一口，你就讓它咬吧，咬過就好了，別怕被咬而向對方軟弱求饒。

在愛的面前，要做自己是這樣難，但做不了自己又何必有愛。

已婚的朋友告訴我，即使你有婚姻有小孩，寂寞恐怕還更甚。

所以這些人類正常有的情緒，也不是藝術家獨有，只是藝術家體會到，且展現而出。

比如作家的身體也會暴露他們作品的特點，作品則又揭露了他們的所思所見。

因此作家的愛情常具有悲劇性。

這故事不會在別處發生，只在我們所在的地方發生。

我像是莒哈絲筆下的諾曼第海岸的小婊子神情，在西貢有著闇默的語言，但在寫作裡，我常大膽地寫出。

夏夜有著常伴隨著奇異的致命的悲傷。

她認爲愛情是一種疾病。

偉大的激情時代已經過去了。

處於邊境的愛情。

在愛情來到之前就失去了它。

只有失去的東西才成永恆的。

在夏天潮濕的夜晚，一個旅館裡熱鬧的大廳，充滿著要被接走的旅客。

夏雨。

童年。

愛情在前方延展，戀人卻還沒抵達。

一次性的愛情，他們彼此靠近。

慾望潰敗狂熱，他們渾身顫抖。

湄公河三角洲在豔陽下如絲綢般明亮，平坦。

一個城市，一座花園，一幢房子，一條河流，一間房間，一個地點，一輛車子……一道光線，兩具身體，三個盆栽……無數次戀愛。

我在黎明時醒來，睜眼望著黑夜慢慢地消失，逃逸無蹤，接著是日光帶著侵略性來到，黑夜逐漸退卻。

胡志明市的太陽終年掛在頭頂上方，從每天睜開眼睛，直到黑夜降臨。但那熱氣依然從身體飄出溫度，不小心和街頭的人碰到手臂時，都有一種燙的反應。

街頭沒有太多情慾的氛圍，比起寒帶國家，彰顯其中的反而更多是飲食慾望，尤其對「水」的渴求，就像乾枯的樹葉，渴望被澆下水般的十分乾涸。行經樹下休憩睡午覺的人，南風吹拂，樹葉擺動陰影，彷彿遮住了生活的困頓現實，跟著有種睡意深深的錯覺。

直到入夜，人與人之間的身體慾望，才被炎熱天氣烘焙出來。

和老外在一起的越南女孩多長得有點怪異的醜，可能因爲臉上塗得太白，或者太濃妝豔抹了。她們想擺脫熱帶的膚色，卻不知那不是塗白就可以改變的，過白的塗抹像是小丑的悲傷面具。

煩倦是愛的殺手

煩倦，是愛的殺手。

在煩倦的盡頭，還有一個新的煩倦上場。煩倦和期待等同，是一種無法克制的疲倦與希望交替。殺死一個愛情，又復活一個愛情。（難道無法終止循環？只能靠意志力的努力或者畏懼因果的壓抑？自然生物性的淘汰？或者苦行？或者任憑際遇（緣分）的召喚？這些都在生命裡，以各種方式形塑著生命的來去。）

沒有四季的城市，煩倦很容易來到心裡，因爲沒有變化。人不是索取永恆嗎？但眞正面對永恆不變的事物時，卻感到不耐地煩倦。可見人永遠都不會迄及永恆，心的變化如此快速地轉動著外在視覺的更替，人在變化裡其實不是渴求永恆，而是渴望被永恆抓住，好以停歇各式各樣的想望，因爲這些想望能抵達終點的是如此地微乎其微。狂心歇處就是禪，難怪是這麼說的。

雨季倒是給了變化，來得快也去得快，那種狂下的熱帶氣流，也帶著野性。

胡志明市的雨和島嶼一樣常是午後降到土地上的。

越南女孩穿的薄長衫就貼在背脊上，十分性感地騎著摩托車，騎腳踏車的長衫女孩更性感，因爲腳會牽動背脊一起一落地張弛著力度之美。

我在咖啡館的玻璃窗前看得入神。

心想這些可愛女孩將要前往何方？

可愛陌生人

觀光客都是一家老小或是成群結隊的，即使背包客也容易在這裡交到各國朋友。我雖隻身落腳背包客旅館，然吾心已老，只想當個沉默的客體，只爲尋覓封存在越南的莒哈絲幽黃身影前進。

旅館裡，有些想要和我說話的歐美背包客都感到被我排除在外的「冷然」，因爲回話時有一搭沒一搭，愛理不理的樣子，和四周年輕的族群相比，我像是一個失意失歡的旅者。

其實是天氣太熱，而我的行程太緊，而主因是島嶼的經濟追殺著我悠緩的心了。我只想前進我欲書寫的目標，除了越南與莒哈絲，我沒有想要帶走任何一丁點感情。

唯一留存一絲身影在我離越前的人是差點同遊湄公河的古巴中年男子。

因爲下榻同一家西貢背包客旅館，見了好些天都沒聊天。某日就在櫃檯前，我正等著當地旅行社來接我去永隆，穿越湄公河。古巴男子也在身旁，他說他也要去湄公河，我們開始聊著來自的國家，爲何一個人旅行？他說他沒結婚，現在也感情空窗期，他想看看越南，因爲喜歡電影《越戰獵鹿人》，本來想帶父親一起來，但終因父親身體虛弱而沒有成行。妳呢？我心裡一驚，其實我要說出口的竟和他也差不多。

我沒結婚，現在也感情空窗期，我想看看越南，因爲喜歡莒哈絲，本來想帶母親一起來，但終因母親身體虛弱而沒有成行。

他以爲我開玩笑複製他的答案。

眞的，我說。我還補充，已經答應母親，如她身體好些，將帶她參加下一回的旅遊團了。

聊著聊著，旅行社的人手拿著名單，在旅館櫃檯前「唱名」，這幾乎是當地招攬散客的制式方式。其實所有的旅遊統籌是被兩三家公司包攬，旅館只是代訂行程與收費，會比街上招攬的旅行社貴一點點，但好處是行程不好，回來可以跟櫃檯抱怨，也相對安全。

唱名我們兩的名字，我和古巴男子跟著旅行社的年輕男生穿越了幾個小巷，才走到停泊在大路上的遊覽車。上了遊覽車，通常都會再等半個小時才會出發。因爲遊覽車要繼續到許多旅館接散客，在西貢繞來繞去，紛紛上車的各國旅客很快就把遊覽車給坐滿了。

就在我和古巴男子聊天聊得正愉快時，且我們都以爲要出發到湄公河的時候，導遊走到我的面前問我是：「Chung?」我點頭，「跟我走。」他說。啊？古巴男子也不解。「對不起，妳要搭另一輛遊覽車。」導遊說。「爲什麼？」我邊拿起背包邊問著，同時眼神飄向古巴男子，他無奈地微笑著，非常不解地攤著手。「妳是要到永隆的湄公河，他們這一車是要到美萩的湄公河。」原來光是湄公河就有這麼多不同的抵達地點。「妳要放棄永隆，改參加美萩嗎？」導遊看我還沒離開座位的意思，而古巴男子也一副好不容易找到的遊伴竟要走了的不捨神情。

「不，我得到永隆去。」這時我堅定地從座位上起身，我可不能爲了新認識的古巴男子而放棄在我生命停留二十多年的莒哈絲少女時期的幻影。尤其西貢到永隆的船上，還是她遇到中國情人之地。

再見！我和古巴男子互道珍重。拆散我和古巴男子的是莒哈絲。

接著全團的人目送我下車，有人覺得越南旅行社可眞會搞烏龍。

但搞烏龍這可不是第一回。

我在換上另一輛遊覽車的路上，不禁有點好氣又好笑，逐漸地古巴男子也就被路上的喧囂分貝給遠遠拋在聲色之後了。

落腳西貢背包客旅館，每天都會穿行背包客的心臟街區，由範五老街（Pham Ngu Lao）、提嘆街（De Tham）、陪援街（Bui Vien）三條大街與橫越其間的無數巷弄所組成的街區，幾乎成了我每日要進出西貢市區的大門，超過上百家大大小小的旅館在早上吞吐出許多觀光客與背包客。我一個人走在人行道，不斷地與賣食物的小販、街上的食客、流動的賣物人、一落落的旅客錯身，當然還包括坐在機車上招攬生意的流動司機與坐在板凳上招攬路人的旅行社員工。

流動司機就像三輪車夫，只是現在改朝換代成以機車代步，但幾乎司機都是中年大叔，沒有帥哥。他們招攬著生意，穿梭胡志明市街區，機車是最快最便宜的方式。每回帶著有點疲憊的神色行經時，在十字路口慵懶等待的幾位流動司機大叔一定會開口問著摩托車唄？我抬頭看了他們幾眼，終是搖頭，他們也不會纏著客人，這是越南式的散漫情調。好像只是問問，只是搭個訕。我搖頭時總暗地想著，要找司機也得找個看起來順眼的，不然身體那麼地靠近，兩個陌生身體在摩托車上是最近的距離，抱大叔的腰當然不想，抓機車後座的鐵桿子卻累且危險。如果帥一點，那麼如此靠近或許就沒那麼勉強。

就在我日日來回行經範五老街多回後，我知道幾乎街上招攬生意的年輕男子都對我笑過好幾回了。前天剛好想坐板凳休息，遂停下聽著旅行社員工所介紹的旅程內容，看價錢還比落腳旅館便宜，因此隨著他走進旅行社大廳再進一步瞭解細部。

由於晚上九點了，他想趕快在下班前招攬到我的生意，所以口氣大方地說要便宜我一萬元，一萬元不過兩塊多美金，但我覺得他很認眞，笑容也可愛。就答應參加明日的城市遊，至少我可以藉著城市遊先有一個城市的輪廓，於著名景點一遊，畢竟某些必看的景點只要通過簡單的方式抵達即可。

他囑咐我隔天八點半到旅行社報到，會有人來接我上車。隔日我八點半一路從背包客旅館慢走至旅行社，人行道上依然多是食客，吃河粉的，喝椰子水的，喝咖啡的……給旅行社員工看了我手上的粉紅色單子，他們點頭說，請在這裡等等。

等到九點多都還沒有人把我接走，我坐在旅行社擺放在人行道的塑膠板凳已經坐得有點不耐煩，比我慢來的旅客都紛紛被導遊接走了，唯獨我竟還沒等到人。

再次拿粉紅單子給旅行社員工看，他們又說等等。接著直到有個外國女人來到旅行社，導遊和旅行社員工嚷嚷了一番，才知道他們接錯了人。外國女人要去參觀越戰地道行程，卻被接去湄公河。他們也才意識到我可能也是被錯過的旅客。

旅行社員工開始打電話，打來打去，有個男孩走到我面前說，不好意思，接妳的遊覽車錯過了，遊覽車現在早已出發了。

我瞪大了眼睛，不可置信等了快一個小時，竟然是這種答案。「那我怎麼辦？總不能叫我自己搭計程車吧？」我說著。

男孩也不說什麼，竟遞給我一頂安全帽。

他發動機車，示意我戴上安全帽，上他的車。

坐好嘍，我載妳去追遊覽車。他說。

終於有了搭上流動司機機車之感，且還得一路追風去。

瘦小的紅衣男孩一路上和我說著話，他的眼眉與膚色深邃，讓我頓時想起席德進著名的畫作：「紅衣少年」，眼前就是活脫一個紅衣少年。

紅衣少年遞給我安全帽，載著我追小巴士。

一路馳過市區，無數如漁汛的摩托車流滑過，看似要相撞，卻都安然交錯而過。

紅衣少年十九歲，牙齒潔白，身材看起來有點發育不良，騎上機車卻像有了輕功似的奔馳。萬帆齊發的機車流比湄公河還湍急，每一個車道都會冒出機車，紅綠燈也恍似參考，各種方向都有機車流竄，但都能安全穿過，不會相撞，且還頗爲順暢。「你騎機車好厲害！」我說。他轉頭笑說：「因爲我是越南人啊。」

相較之下，台灣人騎機車竟是非常文明了。

背包客旅棧

早上吃青年旅館提供的菜單：半截法式長棍子麵包，三片番茄，兩片小黃瓜，一個荷包蛋，一杯越式咖啡。另一種選擇是吃泡麵加蛋，早上吃泡麵很怪，因此永遠都點法式麵包餐。

準備早餐與清潔旅館的是一對母女檔，女兒個子與我差不多高（我的身高在越南女生是很普遍的，但在台灣屬於很小隻），綁著馬尾，說話粗聲粗氣，從不微笑，甚至目光帶點不耐的敵意。不知是因爲語言關係還是她天性如此，問吃哪一種，只會簡單的單字Which?回答者也只要說one or two。

可能是語言，所以聽起來很凶。

時光把越南的歷史削得很薄很薄。

削薄的傷口如一節掉落的完整煙灰，禁不起一絲碰觸。

吃畢早餐才八點，走出旅館外的街口是一座大型的菜市場。東逛西晃，走到昨晚付了城市導覽費的旅行社，昨晚賣我票的人不在，我將收據拿給旅行社。

西貢河沿岸的旅館酒店再也沒有往昔那股濃得化不開的殖民蒼涼，滿城是迎向資本的西式豪華，代表昂貴的符號，高樓百貨與辦公區，和範五老窄仄的潮濕暗巷像是兩個空間，但這兩個空間卻又有重疊之感，重疊的是人與空間的多重異化，黑髮藍眼，金髮褐眼，白皮膚上發皺的斑點，大個子的洋人濃濃羊騷腥羶體味，混雜的椰子、榴槤、芒果、木瓜、梔子、茉莉花……路邊的燒烤炸物與魚露河粉，氣味沾黏在鼻腔裡，濕稠感的一條街，行經就沾染。氣味引發一種飢餓感，搬張板凳就在路邊吃食，到處都有嗑瓜子的細碎聲響，我常想他們牙齒真好，隨時都聽見有人在嗑瓜子，單手也可以嗑，聊天嗑無聊嗑賣東西嗑（連在國內機場轉機都聽見有人在嗑）。沿著巷子走，牆壁邊上一群只到路人腳膝蓋的食客，沿著騎樓筆直地走是行不通的，隨時會撞上蹲坐板凳的人。

一個人時不會點菜，比手畫腳時，很多人望向我來。眼神有種不解與好奇，我和他們有著同樣一張亞洲熱氣息的臉孔，但卻像是啞巴式地對著越式語言無能。

任何一個人到了異族異地方能體會母語的血液難以抹去。

西貢小姐

朋友介紹的西貢小姐安來找我，和她共乘一輛機車，她的同學寶娜自己落單騎一輛鈴木小綿羊車，個子頂多一百四十八公分，又瘦又小，看起來像是少女，騎起機車的架式卻十足。安的英文很好，但說話的口音太重，有點像紐約唐人街的華人說的英語，一個句子常被一個字一個字地斷句，英語說起來帶著一種旋律才好聽，但中文是音節字，很容易講英語時斷句，聽起來怪怪的，但又每個句子都聽得懂她在說什麼，溝通並無問題。

因爲行駛在機車河流，速度與風的緣故，前方話語被風切斷，斷斷續續地聽她說越南人喜歡「街食」，喜歡「露天」，她問我願意嚐嚐街食嗎？太好了，行經路邊很多天，看見無數的街食，正期待有人當我的嚮導。

沿街的炭烤，海鮮食物氣味飄散在空中，確實餓了，美食永遠都能除去越南人的悲傷憂愁，廉價又美味，露天的人聲與街上車流不會讓人感到寂寞。可以想像在我沒有跟安與寶娜一起吃飯時，一個人行經街區是如何的奇異與落單了。

渡愛情之河

一九八三年，莒哈絲的兒子烏塔希望母親能爲家族照相簿寫一些說明性的文字。於是往昔那些封鎖在相本的記憶如閘門出水，湍急地滑動腦門，她凝視著那個被停格在印度支那那個永恆的少女形象，美麗瘦弱的身影，魅惑勾人的眼神，再度想起那次命運的關鍵時間點：渡河。

河水流動的輸送扭帶上，攜著色彩繽紛的熱帶水果女人，扛著雞鴨魚竹籠的男人，人畜雜處，小孩哭鬧，熙攘人流裡忽然安靜下來，全盯向發出引擎聲的方向：一輛豪華的黑色轎車開進了渡輪上，走下一個穿著白色西裝的中國男子。

他黑色的頭髮發亮著，他抽起洋菸，瞇眼望向河水時，他看見一個身影，自此他的眼神就牢牢地被釘住似的無法從這個身影轉移。

戴著男人氈帽的少女，褪色的金色絲綢洋裝在陽光下顯得單薄脆弱，表情魅惑卻又有著憂愁式的動人苦楚，像是埋藏著許多金絲細線的祕密織錦盒。有點曖昧，有點薄倖，像是準備獻祭的女神。河水是流動的，但少女卻像火山似的。

照片是無聲的，回憶卻是聲色具足。

轟鳴的馬達聲，汩汩流動的河水，瀰漫著江霧水氣的湄公河，一個穿著白色西裝，手戴昂貴手錶與抽著高檔菸的中國男子走向她來。她心跳彈動如竹籠的魚鳥，但她保持鎮定，她甚至只想用側臉回應他。

但她知道當她回應他，且搭上他的車之後，自此她的身體就將失去少女時代的純真了，那一刻她就衰老了。

沉重的心，將壓垮她在這裡的一切形象。

刺目的陽光之後是暮色的河水，陽光收斂後的河水一片溫煦，染上了澄黃的法式教堂十字架，通紅的叢林，戲水的孩子，一一映在她的瞳孔上，渡輪滑過的風景，不斷地倒帶在瀕臨毀滅的這張遲暮的臉上，她不禁潸然淚下。

羅莉塔少女似乎注定活在這條河水上，湄公河開啓她對肉體與對不可能愛情的認識，只有將筆墨重返在不願退場的往事，將之逐一檢視，航向東方米鄉之帆，一次又一次地任憑記憶重返。

但她本人卻無論如何也不願再回到越南，因爲她知道只要再次踏上東方之旅，塵封的往事就會碎裂，終至一一剝離。

她不願意和她的少女時代切割分離，她要完整地永遠那個少女。唯一的方法就是不要再回到現代的越南，越南和她的關係只存在她生命的獨特年份：一九一四——一九三二。湄公河對她的意義就是那次絕無僅有的渡河，相逢中國情人，早已封印在記憶的法櫃裡，那一年，她十五歲半，即將渡河，回到西貢的住宿學校。

開往永隆的巴士

放下手中閱讀的書，在最熱鬧的背包客街心等著載我離城的巴士。永遠慢分的巴士，經過散在市區的小旅店，像是沒有載滿旅客就不甘心似的。

我一路跟著巴士穿越胡志明市區，車沿著西貢河，穿越壅仄的街。經過華人堤岸區，經過郊區，經過原野林間。流動的機車在白日十分奔忙，玻璃窗外，看見各種機車眾生相。越南人把機車當貨車用，機車後座載的物品簡直是奇觀。載雞籠的，載水桶的，載家具的……各式各樣，最驚險的是看見有人載著幾乎有半人身的超大瓷花瓶，完全不怕擦撞或者捧不住而摔落，竟連包裝都省略。

巴士在郊外的原野停了下來，樹林到處是掛著網狀的吊床，還有簡單的塑膠椅。賣的不外是河粉、椰子鳳梨芒果，以及越南咖啡。旅人四處散落在樹林間，什麼膚色都有。司機乘機吃個河粉早餐，和店家老闆娘聊著天，我見了心想每天司機都要到這裡報到一回吧。司機帶給他們生意做，他們免費請司機吃早餐。

沿途到處可見這種掛著紅色字的「Mi & COM」（麵飯）招牌的林間小店家，在樹林間也都附有休憩吊床，司機擇一停下，應是長期合作的吧。

一路陽光尾隨，我習慣坐在巴士後座，這是從學生時代就養成的習慣，後座位子稍高，可以眺望的角度好，且有一種自由感。一直喜歡坐最後一排，最好還整排都沒旁人。

抵達港口時，正午的陽光還沒發威，等待接駁到永隆的遊艇已經等候在岸上。永隆湄公河渡輪，法國女孩與中國情人的愛慾起點，一觸即發的邂逅，銘記了淚水與歡愉的湄公河。

碼頭四處都是賣草帽太陽眼鏡的小販，買頂帽子戴，配上綁兩根辮子，就有了許多仿冒式的莒哈絲再現。但裝扮容易，神態難尋，情人更是遙遠。

今日的永隆港口非常觀光化了，昔日永隆的渡輪已改爲遊艇，永隆與西貢的兩端跨起了橋樑，車子已經直接穿行湄公河了。

通行其中的車子速度加快，少了渡輪的悠緩。如果當年十五歲半的莒哈絲搭車子就不太有機會遇到三十歲的中國情人。渡輪兩岸風光一片水鄉澤國，熱帶慵懶情調漫溢在河面上。

刺目與遲暮的回憶

在莒哈絲的童年照片裡，曾經出現過和母親及兩個哥哥一起搭乘四輪馬車在越南永隆（Vĩnh Long）一帶兜風。心情沉悶的母親帶著他們一起坐上小馬車，一起在原野上欣賞乾季的原野風光，那時的母親會從疲憊的神色中綻露一絲絲的溫暖，一點點的平靜感。

關於白日，刺目的陽光使萬物失色，失去了邊際。

「我只記得夜晚，藍藍的暮色比天際遙遠。」彷彿遮住了世界的盡頭，她的童年所望出去的天空有如穿越藍色的一道光，一條單純而閃閃發亮的日光帶，穿透那片藍，天色就融解在色彩之中了。

「只要母親不快樂，她就會叫人準備雙輪馬車，去看看旱季時的鄉村暮色。」收斂後的熱帶風光，一切顯得暖而沉。樹叢黑得像是墨水，花園凝靜在大理石的雕像上，死寂的大屋子像是有著「喪葬」的顏色。

那個時候，她會覺得很幸運，在這樣的夜色裡，可以和母親在一起看著靜止的天空，如藍色的空氣，她好想那個時刻靜止，好想抓住那片藍色。

月色的光華照亮了湄公河兩岸的原野風光，一直照射到「目不可及的地方」。

她記著每個夜晚的特徵，甚至爲這些夜晚取名字。

她是從沉寂如死般的世界所復活的生命。

- TIM
DỤC
CÁ

QUỐC TOẢN
MUA BÁN - SỬA CHỮA CÁC LOẠI ĐỒNG HỒ
ART - SOUVENIR
PHỐ
LƯƠNG VĂN CAN

困住記憶的河流

莒哈絲當時住的地方在離西貢幾公里處的嘉定，隨後她跟著家人搬了好幾次家，最後是搬到永隆、沙瀝。十八歲以前，湄公河成了她每週從永隆到西貢上住宿學校所眺望的一條河流，十八歲以後，湄公河成了她午夜流淌在心裡的一條河流。

記憶受困在河水遲滯不前的發黃印象裡。

隨著遊艇，先停泊其中一座島。隨著船夫所指，跟著遊人的步履上岸後，發現小島都是觀光化的產物，販售越南蛋畫，越南餅乾，圍巾，木漆器還有蜂蜜等，我四處閒晃，等待再度上船。

賣蔬果的小舟偶爾會靠近我搭的船，僅三三兩兩，比起芹宜水上市場，這些看起來像是個體戶或是漫遊者，手裡抓著兩串蕉示意購買，但並沒有黏著的氣息，抓一下香蕉，見沒生意就又放下。

抵達永隆，正午時分。穿行許多林間小路，才走到餐廳。陽光烘焙的膚色，很快就讓我越發像是越南女，還有外國旅人以為我是當地人朝我問路。

鋪上柏油的小路在陽光下，有如一條白色小河，長長的大道，盡頭是湄公河。

餐廳提供腳踏車遊鄉野，酷熱太陽下，我點了杯二十萬越盾的越南咖啡（在這裡常有富豪的錯覺），走進餐廳的花園客廳好整以暇地喝著。一看即是華人的廳園，中國書法對聯與祖先畫像，還有盆栽，華人的生活遺痕。

餐廳主人對旅人很自在，竟任由我遊走。

之後烈焰稍歇，我徒步走在林間。

許多旅人騎著腳踏車與當地人騎著摩托車穿行過發燙的烈日小路，揚起熱燙的灰與塵。

不遠方的支流小河有孩子在戲水，熱帶的永恆歡宴。莒哈絲過往的樣子大概也是這樣，她常在河邊游泳，摘野果吃。

一些錯落在林間的大房舍，都可以想像是莒哈絲的過往居所，荒涼裡卻很有生命力。

「夕暮時，那條大道老是很荒涼。那天晚上，也幾乎是每天晚上，又停電了。一切都是那時開始的。我一走上林蔭大道，門就關上了。電也忽然停了，我開始跑。我跑，因爲怕黑暗。」莒哈絲描述當年住在永隆的黑暗畫面，那時有個瘋女人，常光著腳追著莒哈絲跑，她十分害怕那個瘋女人。「比死亡還可怕的狀態，那就是瘋狂。」孤寂感使人發瘋，恐懼、瘋狂、熱病與遺忘。

發舊的洋裝　新來的戀情

那天早晨，她從沙瀝搭汽車到永隆的渡船口，汽車開進大渡輪，她要回到西貢。那時她穿著一件發舊的絲綢洋裝，是母親不要的衣裳，已經洗到快變成透明的薄衣了。戴著男氈帽，綁著兩根辮子，腳上是一雙高跟

鞋。公車開上了渡輪之後，她就從公車跳下來，她永遠都是坐在司機旁的位子，那是特別保留給白人坐的位置，即使白人根本不會搭這種當地人搭的公車。

一輛嶄新的汽車也開上了渡輪，走下來一位穿著歐式西裝的男人，不是白人，一身像是她在西貢銀行界人士所穿的那種淺色綢面料西裝。男人看著她，向她走來。男人很訝異在這種當地人的渡輪上，竟會見到白人少女。

她知道他是有錢人家的公子，那輛豪華汽車與他的穿著打扮告訴了她。她或許是窮怕了，因此看見這樣的汽車與打扮的人，她並沒有拒絕即將迎來的搭訕，且知道自己的裝扮騷動著如江水般的波濤情慾。

那時走在街上常有人盯著她瞧，她知道自己的美帶著一種不尋常的魅惑感。

在河水上，她看著自己的倒影，也瞥見即將迎向她的奇異遭逢。

男人膽怯卻又禁不起吸引力似的向她走來，手發著抖地遞給了她一根香菸，因爲不是白人，他正在克服和眼前妙齡女子之間的差異，那就是他的富有錢財可以跨越這道鴻溝的可能。

她說不吸菸，謝謝。

但她默許他在身旁，沒有驅趕他走。他望著河水兩岸的風景，直說這渡船上竟能見到一個美麗的白人姑娘可眞不尋常啊。渡輪的引擎聲轟隆地響著，河水滑過一道道的陰影，他打開邂逅的詞語，顫抖得彷彿即將墜入深淵。

這河水彷彿愛情的媒人，仲介著人與人的相逢，讓她即將墜入黑暗的愛情黑洞。

男子繼續說著自己剛從巴黎回來，家庭如何地富有，此番回來就是要奉父之命，成家立業，迎娶一位同樣是華僑的當地姑娘，一樁門當戶對的婚姻，卻不是他的願望。他的願望就是遇見眼前這樣的姑娘，光彩耀人，美如湄公河。

說著說著，渡輪就到了，第一次覺得搭渡輪不再緩慢，時光飛逝，語言有限。

莒哈絲沉默地聽著，她內心裡其實也緊張著，不知接下來要發生什麼事。她舉步走下渡輪時，男子叫住了她。問是否可以載她到寄宿學校？她答應了，她知道從此生命裡的這輛豪華汽車將接駁了她青春的身體。

從此愛情與金錢就掛鉤在一起，白皮膚與黃皮膚就劃分了高下，殖民者貧窮與被殖民者卻富有的奇異組合。

她生命的歷史，他參與了，以又卑下又是施捨者的姿態。而她只是想要體會這愛情的禁區，以及為了她的貧窮索取一些夜渡資，為了她的母親的需要與默許。她心中明白，或者不明白，但隱隱約約知悉這不可逆轉的時刻來了。

情人　微不足道

地板角落日日爬滿了頭髮，長長的髮絲，被窗邊吹進的風自頭頂翩飛離去的髮絲如流年，提醒死亡，時時刻刻地提醒，要我好生弦歌不輟，好生看顧生命的過程之點點滴滴與變化的絲絲微微，每個思維的絲線都要入扣，縫入這件生命的金縷衣上。

廢墟與花園，同時並存在我的生命正負與陰陽的兩極，這兩極的空間就是愛情和寫作可以進入的領域。

意志薄弱時，需要典範。典範像一張地圖，情人也是一種典範，一種姿態，一種凝視，一種觀望，一種見證。

寫作者的情人是和寫作同時存在的，可以切割的寫作者都不夠完整。情人必須不破壞寫作者的完整性，情人才能夠被存在與被看見，一旦情人破壞了寫作者在寫作狀態的純粹，那就會被逼宮退位了。在寫作與愛情這兩件事上實踐得最純粹與完整的人當數莒哈絲。她幾乎完全沒有因爲寫作而妥協在情人這件事上，她唯一妥協過的人只有她唯一的孩子曾經剝奪她寫作的完整性，餘者皆不行也不能。

關於情人，是磨難也是啓發。

愛會持續多久

比永遠少一天。不會比永遠多一天，因爲很多的愛都是有所保留的，有後路可退的，或是有他者他事的介入者與介入物。耳邊聽著〈永遠的一天〉，一個孤獨喪偶的老詩人和一條狗在海邊。

寫作也像愛情，愛情也像寫作。

變化詭譎，可能背叛可能忠誠，可能抵達可能轉彎，可能瞬間可能永恆，可能黑暗可能光亮，可能胎死腹中可能圓滿結局……

作家將回憶切成細部，放在不同的文本容器裡，以不同面向重疊在不同的作品。有人形容莒哈絲的寫作就像在一張已拓印無數字的羊皮紙上擦掉了舊字，然後重新寫上新字，但無論如何擦去舊字，隱跡仍會在稿紙裡透現而出。

這就是作家的魅影。

堤岸的暗夜

這裡被稱爲堤岸，胡志明市第五區，離市中心搭計程車約莫三十分鐘。西貢河綿延至此，貨物通暢，大批發市集喧擾，生意通四海。

我在某個街區的店家竟讀到明末才子唐伯虎的對聯：「別人笑我太瘋癲 我笑他人看不穿」。行經者無人駐足，不知有多少人能讀懂字詞的意思？

堤岸華人區，漢文招牌字林立，不會說華文的華人在此的祖先遺痕具體展現在「天后宮」，清代的媽祖，守護著華人世界的宗教心靈，但牆上的字體許多當地人已經無法讀寫了。

異鄉久來已成故鄉。

中法情人的故事也成了一張高掛牆上的發黃老照片了。

他們來到了西貢的華人區，各色人等雜處的鬧區，稱爲堤岸的華人區。

男人在小說裡變成很有中國地方味的名字：黃水梨，在《抵擋太平洋的堤壩》中「Jo先生」這位中國情人黃水梨的父親富有，在堤岸街區有一排的藍房子。

「這一天，是星期四，事情來得未免太快。以後，他天天都到學校來找她，送她回宿舍。後來，有一次，星期四下午，他到宿舍裡來了。他帶她坐上了車走了。」

男人帶她來到了距離西貢兩公里的中國人駐足區，男人在這裡有一間房子。房子就坐落在街上，走動的小販如河水滑過，四處是白晝與陰影交織的移晃感，扯開喉嚨說話的華人，叫賣的聲音炸開在街的兩岸。

她隨男人走進房間，從刺目的亮晝大街乍然走進房間，四周很暗。木製的窗上掛著百葉窗，窗緊閉著。她木然地看著黑暗裡的一切，還有即使隔著黑暗都能感受到十分緊張的男人。她其實也有些緊張，從學校的休息時間偷偷跟男人跑出來，她害怕被母親知道的話應該會被打個半死吧。

黑暗中兩人靜默，誰也沒說話。她沒有想逃，也沒有想要主動做什麼。他開始說話，說的卻是呢喃的他愛她，瘋了似的愛她。她沒回應，他冒汗地說了又說之後，突然安靜下來。

「我寧可你不要愛我，即使是愛我，我也希望你像和那些女人習慣做的那樣地對待我。」她說。男人聽了詫異，他問她願意這樣？她說是的就在這裡。

男人聽了露出痛苦的表情，光憑這句話，他就知道她不會愛他的，她只是聽憑身體的召喚而已。她說她還不知道，不知道什麼是愛。

後來，黑暗中，男人對待她一如他對待其他的女人一般，如願她的要求。他扯下她的連衣裙，拉下她的白布三角褲，把赤身的她抱到床上。男人卻哭了起來，她把他拉到跟前，為他脫下衣服，但卻閉著眼。

男人的身體瘦削，肌膚柔軟，沒有鬍鬚，沒有陽剛之氣。她不看他，只是觸摸著。男人陷在奇異的感受裡，一面哭泣，一面完成了初體驗。她感受到起先的痛苦，之後卻有一種沉迷之感。接著有一種被抓緊的快感。潮起的湄公河，一次又一次，推向她的浪潮激狂，最後回返平靜的港灣。

女孩也瘦削，自此將不再為自己的發育不良而苦。堤岸情人喜歡她的身體，如少女的弱不禁風，像是承受不住炎熱氣候所致的樣子。他們有共通的瘦削特質，陽光烘焙，雨水洗禮，食物打底，他們長成熱帶乾瘦樣貌。

但眼前這個女孩的身體，給了堤岸情人從未有過的體驗。這具提早成熟化的少女身體伸展向無限的逸樂，提供一趟又一趟的神祕快感旅程。

女孩像是堤岸情人的情人與女兒的混合體。在強烈不安與慾望驅使中，絕望地關在兩人的天地，跌入淚水卻又喜悅的奇異歡愉。

「城市的聲音近在咫尺，是這樣的近，在百葉窗木條上的摩擦聲都清晰可聞，聲音聽起來彷彿是從他們的愛慾之房所穿行而過似的。」她在無止境流動的聲音裡，愛撫著陌生的身體，從今而後不會再有的這具陌生男體。聲音如大海的浪聲，來了又去了，急急地退去，又一波波地被捲回，去而復返。她要求男人再來一次，再來再來，和她再來，如海浪一般。「他那樣做了，他在血的滑潤下那樣做了。」

欲死欲生，一個白晝的時刻，把她推向有如茫茫夜色的深淵。

打開身體的禁區，她甩開母親，迎向自己的命運。

之後又是一個新的開始。

白日做愛，使她感到一種奇異的悲傷感。男人察覺到了，因爲白晝的「非日常」奇異時刻，導致了他們的相較於大眾時間的脫軌感。

房間黑暗裡的呻吟，和房間外的街上喧鬧吵雜聲音，對撞出奇異的歷史時刻，再也無法抹滅的記憶封印。

一座尋歡作樂的悲傷之城，兩具交疊在堤岸華人區的身體，在一切轉速都停止後，不再有天旋地轉之感時，他們起身。黑夜已經來臨了，熱帶地區的黑夜像是一隻從昏睡中醒轉的動物，一切刺目的白晝熱帶氣焰都消失在黑幕之後，從西貢河吹拂而來的飲食慾望，將動物們推向一日的高潮。

黑夜開始了。

從疲憊中醒轉時，她看見男人已經坐在床旁抽著菸，帶著苦楚的微笑看著她。他已經放好了洗澡水，他抱起她，爲她沖涼，洗浴。她有點日夜不分了，有點現實與夢幻不分了。

她爲何在這裡？房間外有著奇異的異邦語言。

之後他們穿上衣服走出堤岸大街上的房間，夜晚的水氣與涼意使她清醒過來，那一刻，她的臉上有著疲憊神色，她知道就在這一刻，她就老了。

中國情人的拼圖

寫作者沿著現實的版圖前進，一路得不斷埋藏許多虛構的線索，好讓讀者知悉書寫的這一切，但卻又不會對號入座。

熱鬧的「伊甸園」酒吧就在西貢的市區，也是當年中國情人帶著莒哈絲母親與哥哥前往之地，法國家庭給了中國情人某種「冷漠」的難堪，而中國情人能夠贏回面子的就是他的富有與出手闊綽，他是被殖民的身分，即使有錢卻也還是卑下。

情人的價值竟就是付帳。在這一家人面前，莒哈絲對他冷淡，視若無睹，成了被蔑視的目光所焚燬的廢墟般。

在《情人》尚未出版前，中國情人曾經化身在莒哈絲最早的一本長篇小說《抵擋太平洋的堤壩》，那時中國情人名叫里若，小說描述她和情人相遇在酒吧，且他們最深的關係只是她給情人看她的胸部，兩人沒有發生關係。藉著中國情人的「鑽戒」，描述莒哈絲一家貧窮，以至於覬覦中國情人手上戴的鑽戒，又高傲又自卑的多重心理。

《抵擋太平洋的堤壩》裡莒哈絲成了蘇珊娜，得到鑽石戒指的少女，將鑽戒交給正在為錢神傷的母親。母親見了鑽戒卻大怒，痛打了她一番。母親其實真正在意的是女兒會不會敗壞名聲丟了法國白人的臉，她不是擔心女兒，而是擔憂全家人成了法國白人區的嘲笑對象。

蘇珊娜因此說出了實情，她只是讓男人看了她在洗澡時的裸體胸部一眼，這「一眼」在小說裡還詳述有「五分鐘」之久，男人就答應送她手上的鑽戒。

母親收下鑽戒，用一條線將鑽戒掛在胸前，然後跑到城裡的酒吧和珠寶店想要賣掉鑽戒好換得現金。母親開價兩萬法郎，然而許多人拿起鑽戒看了幾眼後卻對她說：「這鑽戒有瑕疵，只能五千法郎。」有的甚至說戴著有瑕疵的鑽戒是不吉祥的。最後沒有賣掉鑽戒，還是靠蘇珊娜的哥哥去夜總會認識一個美麗的富有女人才得到了兩萬法郎，且她給了錢但沒收鑽戒，美麗富有的女人收的是蘇珊娜哥哥那年輕肉體的歡愉。

悲慘的是母親拿了兩萬法郎後去還掉銀行貸款，但日後稻米依然毫無收成時，她想要再跟銀行貸款卻不可得。這是根據真實事件所寫的小說，據說這本小說在出版後，莒哈絲的母親看了書大怒，終生不再跟女兒說話與和解，這是寫作者交出自己的生命故事，卻換得隱形苦痛的代價。

當年莒哈絲母親在柬埔寨雲壤買了一塊地，稻米在發穗時，太平洋的海水卻淹沒了稻田，使得她的母親一無所有。但時間算起來，當年莒哈絲不過十歲，不可能在當時遇見中國情人，然而小說是基於現實的虛構想像，即使有真實的情人，也未必發生在那個時間點。何況作家出版第一本書，通常都會遮遮掩掩，所以情人的出現只是說明了確有其人。（我自己寫作時也常如此，相同的人物可能出現在不同的背景與時間裡，端看當時寫作的想法與鋪陳，還有能夠面對的部分。小說是現實的拼貼、重製，虛構才是本質與文學想像的根柢，卻常

「她愛他，但那是她看不到的愛，
因為那份愛就像水消失在沙之中一般，
消失在故事之中了。」——《情人》

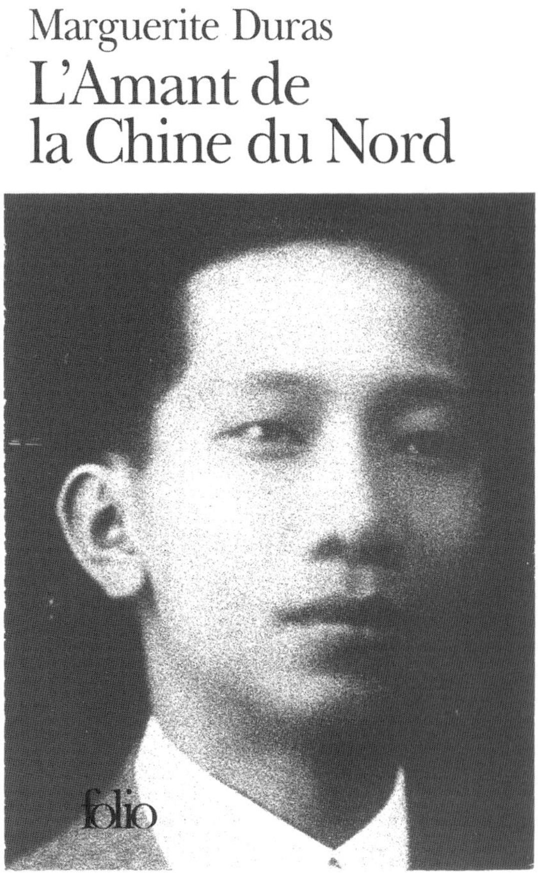

有讀者自動對號入座。）

到了《情人》一書，情人才成了全書要角，細節與氛圍渲染紙上。

中國情人的父親是一位有錢的銀行家，祖籍東北撫順。堤岸華人區的一排藍房子都是他們家的。他被父親送去巴黎留學，講得一口流利但有口音的法語，因爲父親催婚而回到了西貢。

有一回，她的情人沒有出現到學校接她的轎車後座，只有司機來接她。司機說少爺回到沙德克，他的父親生病了。隔了些天，情人又出現了。在黑色轎車的後座，總是把頭撇開，怕別人看見。「無言地擁吻，就在校門口擁吻，我們忘了有人。他是哭著吻我的。」莒哈絲描述「無言的擁吻」。

當時未成年的莒哈絲被中國情人近乎以包養的方式愛著，母親知道卻默許這樣的變形關係：因爲中國情人成了他們貧窮一家子的浮木與搖錢樹。而且母親知道女兒不會嫁給他，而男人由於父親的反對也不會娶她，這讓母親得漁翁之利，且又不會擔心有醜聞發生。

堤岸男人的父親早已找了同是來自中國北方富裕人家的大小姐給他訂了門親事。他請求父親讓他體驗瘋狂的愛，「對白種女孩的瘋狂的愛。他曾經求父親允許再愛她一段日子，在她回國之前。也許再愛一年，因爲這萌生的愛是那麼強烈，那麼新鮮。」

「哭著歡愛，樂得要死。」情人只想死在無盡的撫慰中。

這種乾柴烈火，來得快也去得快，因此莒哈絲母親放了心，何況莒哈絲結束高中後得回法國參加畢業會考，之後要上大學，那時誰還會記得中國情人呢？但現在他們一家人都需要中國情人，這情人幫她母親還了債，幫她大哥還了債，還幫他們買了回到法國的船票。

我在絕望中愛著妳

也許是因爲這一次和中國情人所談的不可能愛情，催發了往後莒哈絲書寫的核心：失心瘋的愛與愛之難。童年的惡意與青春愛情，常成爲創作者的創作原型。

無望的愛情，看不到結果的愛情。使得每一次的相處都成了盡頭。走不下去的時間，終究還是來了，她要告別東方，回到從未謀面的巴黎。

「我終歸是要走的。」以往她跟情人就這樣說著。使情人面對夢想幻滅之際，不會頓然崩盤。他是愛她的，但她不知道自己是否愛過他。「我是那樣的女人，無論對方是哪個男人，我終究會棄他而去的。」她一再地強調，不給情人希望。

但懷抱絕望的愛卻更強烈。

隨著她回到法國的腳步愈來愈近後，每回做愛之後的悲傷感也就如浪潮般地越發凶猛了，但這種悲傷感只是一種模糊的感受，青春燃盡時才眞切感受到「虧欠」於他，虧欠於歲月，虧欠於種族的差異歧視。

他有時對她的身體在失去平衡感的狂念下也會有粗魯的動作，像是要奪回掌控權似的。最後一次，他們在堤岸這間曾經激狂也曾經流淚的房間裡告別。百葉窗外依然是流動的人潮，喧囂的叫賣，盲啞人拉著胡琴，天后宮的晨鐘敲著，惶惶然都只是戲夢人生，這一切都是幻影。

「他的身體拒絕這個即將遠行的女孩，這個將要背棄他的女孩。」莒哈絲這樣地描述著，因爲堤岸情人的某個部分已經死了，但他可以接受這份痛苦，甚至愛那份痛苦，女孩感覺到這種痛苦已經超越了堤岸情人對她的愛了，也許他早已洞悉人生就是如此了，脫離不了痛苦的襲擊。

告別後，情人走了，她回到住宿學校等待畢業。西貢的街上，走了無數回的大街，夜晚時分，依然到處簇擁著一團團人，深藍的天空掛著明月，她抬頭望著，心裡感到空蕩得可怕。

女孩帶著某種朦朧的情愫，她一度回到這間沒有情人的房間，黑暗的房間，愛慾已然褪色，臨行前她一一目視著房間，她靜默瘖啞地看著房間的物件，厚厚的百葉窗將他們隔絕在華語世界之外，百葉窗內流動著被切割成線條的陰影，再也沒有呻吟與眼淚的床枕，再無肉體需要被洗淨的浴盆……窗台上枯萎的盆栽，她舀起水，往枯萎的植物澆下。這一刻，突然悲傷湧上來，她哭泣起來。

女孩即將告別這塊土地，炎熱的土地，夏日如愛情的幻覺，總是失眞。東方成了貨眞價實的思念，塵封的記憶，再也難以觸及的童眞，激情與哀傷交織的房間，最後的凝視，她不用牢牢記住，因爲記憶早已如繭地包裹著她，自此她的記憶都離不開這塊她出生之地。

暈眩的剎那

我們這一生幾乎都被某股愛或者是恨或者是執念的力量滲透著，那種莫名的滲透，使得心情會突然在某種對映的情境現身時，出現擺盪似的暈眩。

在台灣島嶼和越南人有幾次打交道機會，母親家巷口修指甲的，市場賣河粉的，公館越南餐廳，在挪威遇到的越南難民第二代，在舊金山機場轉機時遇見行李大大小小擠滿櫃檯的越南人，還有等登機時的那種慌亂吵雜緊張，全擠在一堆，以至於航警得現身維持秩序且高喊著：「每一個人都上得了飛機。」這不是久遠的時間畫面，這是二〇一四年的一月我幾乎是搭上一群越南人專機之感的航班。昔日的戰爭陰影，彷彿還悄悄流在血液裡……

一切已太遲了

中國情人的父親黃順在沙瀝的房子已成了情人博物館，這間以她的小說故事為軸線的愛情座標，莒哈絲從未抵達過。

十幾歲之後莒哈絲才意識到自己原來是「法國人」，但一切已經太遲了，稻米、河粉、魚露、芒果、檸檬、蝦蟹……已經深深構築在她的感官世界的最深層了。

「生命是一種特權，而不只是一種權利。」莒哈絲日後成爲共黨左派一分子時所堅信的部分，這和她在越南被邊緣化的成長狀態有很大關係，白人的殖民者身分，卻因爲貧窮而導致和越南人一樣的境地。但她常想好在自己淪爲當地人，她才能自由地感知這塊土地的光與色彩，蓬勃綻放的生命力，濃烈的感官氣味。

就是這種熱帶的憂鬱風光，導致莒哈絲回到巴黎之後，常在冷風吹起，漫飄著枯葉的北國裡，不禁想起她的悲慘母親與童年那充滿稻米水鄉的昏黃景致。

近七十歲時，她大病初癒，陪伴她的是末代情人楊．安德烈亞，末代情人讓她憶起了最初情人。溫柔的楊是同志，他給予莒哈絲的是不可能的一種近乎信仰的愛，而不是身體的愛。但楊卻激起她思念起激發她身體最初體驗的遙遠情人，夢幻的印度支那。

那時還包含著寮國的印度支那，像是她生命的胎記，貧窮而美麗。

在西貢河的離別

情人的魅力，是以異國情調提的味。

漫長，悠遠，細碎，纏繞……我只當自己是個朝聖的旅人，每一個間隙都是不動聲色，卻又悄悄驚心動魄著。

「妳將來會永遠記住這個下午，這間房子的。」情人說過的話，她當時不信。但上岸後，隨著船離岸，再也見不到陸地了。

西貢河堤岸一輛黑色轎車裡面有一雙眼睛牢牢地盯著鳴了汽笛的輪船，汽笛的聲音是別離，別離使得這段變形的愛情（更多是性的回憶）將永遠保鮮。

一九三〇左右有錢人從海外運來的黑頭轎車就是通過西貢河，河港帶來物質，也帶開戀人，帶離鄉愁。港口成為侵略者的大門，也成為戀人分離的初始地。

一九三二年的西貢河，各式帆船與輪船停泊岸邊，陸地上交織著碼頭工人與三輪車夫，卸下來的貨櫃進入了沿岸的倉庫，川流的人們都是為了溫飽或者生意。或者為了返鄉或者離鄉，旅人與送別者來去，但絕對沒有像莒哈絲這般複雜的心情，她一方面要回到她血緣上的祖國，但卻得和她的出生與成長地告別，更煎熬的是西貢這個地方還收藏了她自此要掩埋的愛慾初體驗的黑盒子，直到近七十歲才曝光的愛慾，在當時是那樣刺眼，稍微一揉，可能就會掉下淚來。

最好的方法就是封藏起來。

但她知道她記住了那個絕無僅有的下午，湄公河的下午，還有往後那間藏著愛慾的房間了。

「船鳴了三聲汽笛，用驚人的力量鳴叫著，餘音迴繞不去……汽笛聲中含著莫名的悲傷，惹人掉淚。」離別的汽笛號角吹起了，她扶在欄杆上，望著港口，許多送行者還在岸上揮別，直到輪船離開了視野，逐漸駛進海的濃霧裡。

她或許知道也或許不知道，情人的那雙眼睛灼灼地望向她來，他躲在暗處望向海洋。輪船啓航，移動時，她看見貨櫃碼頭上，停著那輛熟悉的黑色轎車。黑色的燃煙，很快地啓動著輪船前進，遮住了視線，也讓黑色轎車消失在眼前，接著是連陸地都消失了。

「終於，地球的弧度吞噬了船影。」眼前是茫茫的大海，飄飛的霧，海鳥盤旋，告別她的身體初始的愛慾與傷心地。這種傷心成分還有隱隱的期待，她終於要回到法國，這寫作的國度，能夠讓她寫作揚名之地。

只是越南永遠成爲她生命的一部分了，甚至可說是她生命的「隱形中心」。

越南教會她的事太多了，透過越南的生活，她能孤獨，她能自得其樂，她能察言觀色，她明白去除階級之必要，她自此絕不要過貧窮生活，她理解母親悲慘命運的際遇，最重要的是她將寫下這一切！

只是她沒想到她一直要到臉上布滿可怕如溝渠的皺紋之齡，才會寫出眞正的一切。那遙遠又模糊的東方，忽然就立體起來，通過無數無數的漫漫長夜。

越南，是她的故鄉，但也不是她的故鄉。那個堤岸華人是她的情人，但又不是她的情人。

因爲複雜而矛盾才形塑了立體的自我。

這注定是一場停住的愛情時間，不會有結果的愛情。

走不下去愛情的時間，停頓在十八歲前。

情人的折射

情人，是不可仰賴的感情對象，但卻又不得不仰賴。

情人，是一種不可仰賴的感情對象。

除非對方放棄自我。不要世故的情人，老是在擔心會失去什麼，老是盤算在獲得什麼。老是在安全領域裡計算感情的劑量，才願意投入的那種世故，那基本上是感情的交易，不是愛情的本身。

情人要很純粹，這是爲了愛而奔赴，外在現實不在戀人眼中，眼中只有你，是如此絕對與可能導致的失心瘋。

她一生在寫作與愛情這兩件事上，實踐得純粹與完整。她幾乎沒有因爲寫作而妥協在情人這件事上，她唯一妥協過的人只有她唯一的孩子曾經剝奪她寫作的完整性，餘者皆不行也不能。也就是說莒哈絲絕非張愛玲，不會因爲一個情人而自此生命萎謝。所以她寫：「情人，微不足道。」這讓情人在身旁或者對方轉身時，不會執著此情。情在歡喜，情滅祝福。（或者懷恨？）

因爲這段話，我在生命很長的時間回過頭來藉著他人觀看的其實是我自己，好好地觀看我自己在愛情事件上的各種折射。

《情人》這本書激發我也想寫自己的故事，想寫愛情的故事。

情人可以暗中流年偷換，將情人轉換成故事。愛情激發的能量，於莒哈絲是巨大的一種創作轉換。轉換成功，作者就不會失心瘋，這是愛情的正面能量，不要害怕有情人，也不要害怕失去情人。因爲在愛情的本身裡，已是具足一切。

情人給予莒哈絲完全的創作因子，因爲莒哈絲愛的是自己。所有的一切必須以自己爲中心。

這個中國情人是越南的華僑富商之子，名字叫李雲泰，在一九九一年病逝時，消息傳到巴黎，莒哈絲知道後還老淚縱橫地說她根本沒想到他會死。

多麼天眞的情懷啊，這是初戀的亙古緬懷。失去的永遠都會成爲一個相思座標，懷念的座標。

當時垂垂老矣已七十七歲的她停下手邊的工作，再度沉浸在往事的回憶洪流：她回到湄公河的渡輪上，看見一個十五歲半的女孩和中國情人的日子。她想起往事，她在船上的暗夜時分，忽聽蕭邦的華爾滋舞曲，她哭了。她終於知道這是一段不可抹滅的感情，這是一個重要的情人。

莒哈絲曾經把這段祕密保存了半世紀之久，晚年卻一發不可收拾地連續出書。且公開說，她一生雖然情人無數，但這段愛情在她心目中占有特殊的地位，「他使我生命中的其他愛情黯然失色，包括那些公開的和夫妻之間的愛。在這種愛情中，甚至有種在肉體上也取之不盡的東西。」

中國情人，讓她愛戀痛苦難忘，卻也回饋成創作力道，並讓她初嘗名利雙收的滋味。莒哈絲的一生裡都必然得提及的一段深刻歷史，獨特愛情。

相遇至此，能量轉化，是最刻骨銘心的遭逢了。

將獨有的際遇轉化爲刻骨銘心的寫作，唯此，際遇才有了意義。

潸然落淚的遠方思念

是否旅行到夠遠的地方，足以讓淚潸然落下？

她不曾再回到這片土地，即使輕而易舉，即使語言毫無阻塞，但她從沒再回來過。這很不尋常，對許多人而言，重返舊時地，好一再憑弔時空軸線的漫長變化，以捕捉這變化裡頭的人世滄桑。

但莒哈絲從不重返越南，她讓記憶絕對地封存在十八歲以前的那個越南。因爲她不要寫現在的越南，屬於她的越南是十八歲以前的印度支那。十八歲之後，她的「現在」只有巴黎，只有法蘭西，她不願意再看見任何一點一滴的越南，因爲她的記憶早已被「封鎖」在記憶中的越南，任何一次重返的抵達片刻都會破壞這個生命裡的永恆「封印」。就讓記憶活在十八歲前的越南就夠了，她日後所知道的越南，都是從報章雜誌得知的。

我則常重返某地，但旅行的足跡幅員過大，許多地方是不會再重返了，我知道有些人事物確實只能被際遇封存起來，成了靈光封印，記憶被上了封條，如法櫃。

莒哈絲則絕不重返，她只讓她的筆端重返就已經寫之不盡了。

關於越南的那場愛情，於她看似虛驚一場，但卻造成日後巨大的晃動，所有題材的來源幾乎都是從這座越南古墓裡被挖掘出來的傷心事。這虛驚一場的愛情，源於她生命裡的絕無再有，貧窮的恥辱，國族的阻絕，初體驗的慾望，疲倦絕望的母親，凶暴賭博的哥哥……回到巴黎後，遠遠地被她甩在身後，只是午夜一到，越南的魅影就藉著酒精來到了眼前。

一成不變的故事，貧窮女孩的寂寞晚歌。乾季無風帶，吞噬著愛慾的夜空。

永隆的戀人港口

黃昏再度來到港口河岸，兩岸視野從叢林蜿蜒的支流轉成大河灣上的成排度假旅館，高高的法式教堂十字架插入藍絨式的天空，戴著斗笠的筏舟人來回穿行。

水流靜靜，豔橘色染上了我的目光。

河水漫悠，莒哈絲式的哀愁看來只有我這樣的寫作者正在深深緬懷。

刺目的白晝褪色之後，暮色染上了熱帶慵懶的色調，永隆港口街道到處是覓食的男女，挨著小桌吃著麵食，魚露與檸檬草的氣味撲鼻，鐵板上的海鮮燒烤催發出整座海洋的氣味。

華人字體拓展在街道的招牌，這些街道即是莒哈絲當年和中國情人行走之路，色彩絢麗的攤販與生鮮蔬果店家交錯而過。

藍天覆蓋，那一片藍彷彿是一個熱帶出口。「藍色的空氣，唾手可得。」莒哈絲的魔魅語言，如香水毒氣。

我在喧擾裡，只想找一處安靜之所，再喝一杯加了煉乳的甜甜越式咖啡。

抬頭望乾季的夜色，有一種很純淨的青春傷感。

想著每一個夜晚，都是明天白日的延續。緩慢的背包客，不急不緩地行走過霧夜的慾望街車，孤獨地穿行，拓影在牆上，如貓。

春天不曾抵達，這永恆的熱帶。

斑駁的形象不滅的記憶

再度出現「情人」這個角色的書寫是《中國北方來的情人》，自序裡她寫到：「我得知他死去的消息時是在九〇年的五月（另一版本是一九九一年），我從來沒有想到他會死，人家說他就葬在堤岸，那座藍房子依然挺立在那裡，他的家人和孩子居住在那裡，他樸素善良，深受堤岸區的愛戴。」

情人病逝的消息傳到巴黎時，莒哈絲知悉後竟老淚縱橫地說她根本沒想到他會死。這當然不是莒哈絲不知他會亡，這是指她對中國情人有一種「永恆存在」的天眞情懷，這是初戀亙古的緬懷，不願意形象被死神帶走，更不願他走出記憶。失去的永遠都會成爲一個座標，懷念的座標。就像湄公河，永遠流動著奇特而絕望的愛，愛在流動中反而保住了新鮮。

當遠方傳來中國情人過世的消息，使得她再度寫了《情人》續集《中國北方來的情人》，情人不死，成也情人，敗也情人，後面這一本續集之書，很多人認爲是莒哈絲想藉著顚峰的聲名再次撈錢。然而我想她應該只是太傷心罷了，因爲遠方傳來情人已死的訊息，她的青春這時也才眞正地死去了。

她天眞地沒有想過殘存在心中的這個經典形象有朝一日也會死去。

這永恆的形象在她的記憶高牆上斑駁著，任風吹雨打經年，從未凋謝。

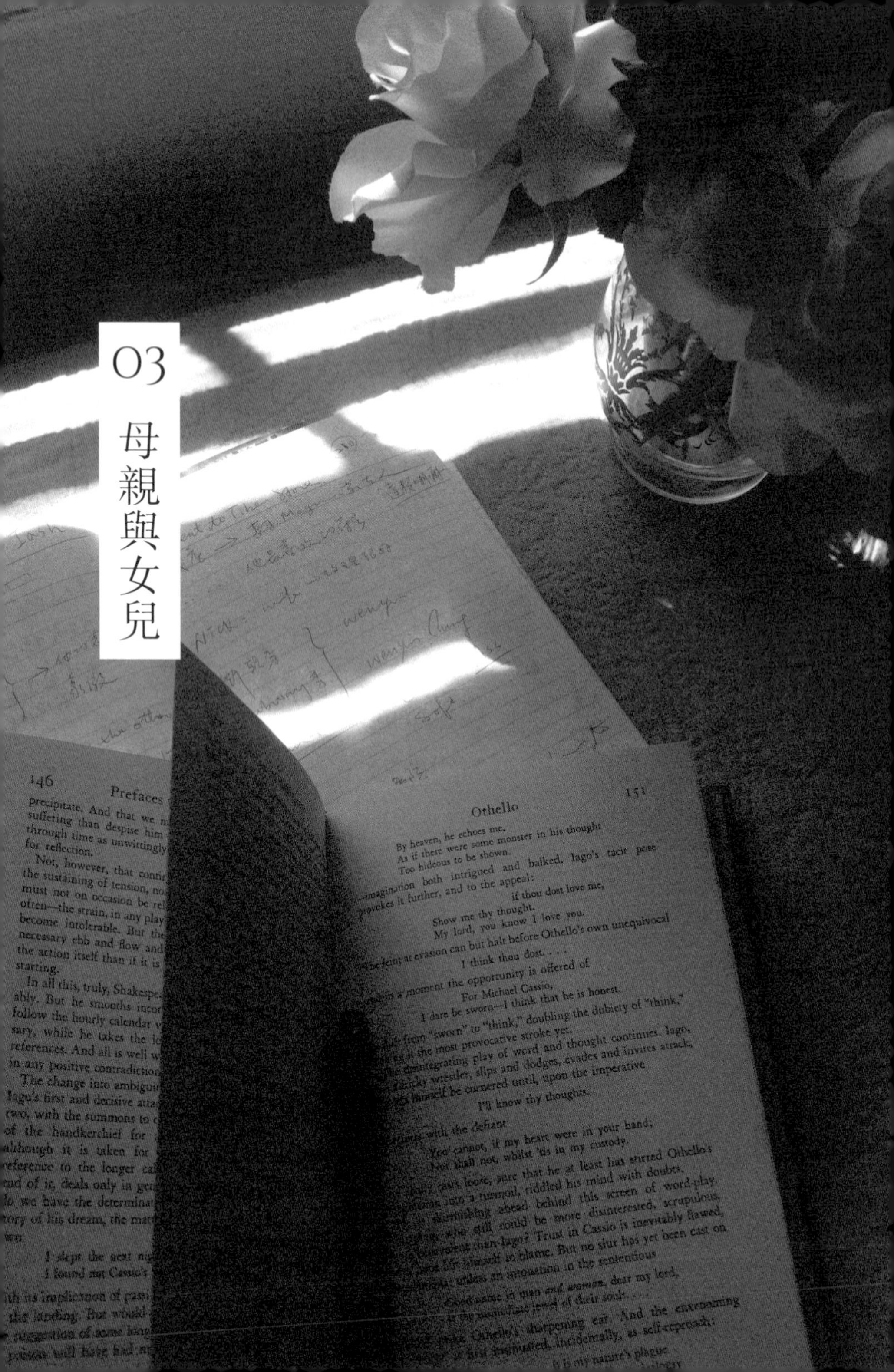
146
Prefaces
151
Othello
By heaven, he echoes me,
As if there were some monster in his thought
Too hideous to be shown.
Show me thy thought.
My lord, you know I love you.
I think thou dost. . . .
For Michael Cassio,
I'll know thy thoughts.

03
母親與女兒

母親希望女兒別一事無成，母親希望她先考上大學，然後通過教師會考，當一名老師。但莒哈絲很早就打算寫作，她早已打定主意，就是終其一生從事寫作。

十幾歲時，莒哈絲就知道她想做的事就是寫作了。母親聽了起先沒反應，後來問她想寫作？那寫什麼呢？寫幾本書，寫小說，她答。

母親說妳先考上教師資格，之後妳願意，就去寫，我就不管了。

我的母親也是這樣跟我說的，妳先大學畢業吧。就是六月時，我把學士帽拋上天空。

就這樣，我寫到現在。

英國作家維吉尼亞·吳爾芙曾說，身爲女人，她沒有國家。

但我想身爲女人，她卻有個母親。她的國土，是她的母親。

女兒和母親的關係絕對遠勝於子民之於國家。

母親，女兒最糾結又最想靠攏的關係名詞，之於其他的創作者，或之於我，母親一直是心中歷久不衰的描繪形象，母親像是一口女兒的井，要取她的乳水前總是看得見自己的另一個臉孔與身影。

在異鄉，在巴黎；在故里，在八里，我如果不是在觀望就是在低迴，觀望外界低迴自身，形成兩種高低氣壓。

母親偶然會成爲這兩股高低氣壓的相撞力量，因爲她是我肉軀的根，是記憶的故土，我年年想要爲這片記

母親，女兒最糾結又最想靠攏的關係名詞。

憶故土休耕翻新，卻都辦不到，於是我在筆中轉化彼此的腐朽與曾經存在的過往黑影。母親宛如沉默的迴音，不斷地響徹在流離的旅途裡，高密度的存在使然，使得我不得不凝視。

創作者的母親，尤其是女性，很難不著墨的對象體，既得主觀又得客觀，要十分靠近，靠近到幾乎沒有距離的「自我」與「我之母親」形成影疊影的觀照，又得很有距離地思索彼此關係的宿命與糾結，釐清愛之本體的誤謬與命運不幸的時時捉弄，最後母親的愛即使遠離或過於濃烈又或過於瘋狂，都能成就創作者最爲不朽的文本力量。

這樣，所有的頻頻回顧也才有了支撐的支架，不至於流於濫情的告白而顯得蒼白無力了。

莒哈絲與母親

「母親」這個主題，在莒哈絲的作品中鮮明到「呼之欲出」，但這個呼之欲出的形象，卻只是一種憂傷的氣氛，頑固如近乎腐朽般的氣味，濃濃散發在這個形象的四周。

我喜歡莒哈絲的作品，除了因爲她的筆法腔調外，更因爲她描繪的母親切切擊中我的母親之投射。《情人》裡的，這個母親於我是如此地熟悉，同樣務實的母親，同樣辛勞的母親。

「妳必須念國中、高中。媽媽沒有那種必要，可是女兒可不一樣。妳應該從國中到高中，然後以優異的成績通過大學數學教授資格考試。」從小學低年級開始，其母親就一直嘮叨反覆這些話，莒哈絲寫道：「我很高與母親對我抱持著這個期待，我一直看著母親每天爲孩子們和她自己畫出來的藍圖。有一天，她再也無法爲兒子們編織出壯麗的遠景，於是她又開始編織不同的未來——許多斷斷續續的未來。」

許多斷斷續續的未來。

母親是莒哈絲童年的夢幻渴求與幻滅之根源。

《情人》一書裡，母親的形象和情人一樣鮮明具體。她曾寫道：「夢幻是我的母親，從未有聖誕樹總是只有她一人，不管她是被貧困活活地剝掉皮的母親還是十分激動地在荒漠中說話的母親，是尋找食物的母親還是沒完沒了地講述她自己發生的事情的母親。」

童年時代不會結束，是因爲來自於母親的纏繞。母親成爲她寫作源源不絕的原型。那個因爲喪夫且在異鄉受到欺騙而常常精神崩潰的母親，讓她不想回憶但又無法遺忘。

關於母親是陰影，像黑夜，每個夜晚都會到來。

「一段難以慰藉的回憶，一種影子和礫石的回憶。」《廣島之戀》，在這部影片裡，女主角也是把母親說成是「粗暴而又溫柔」的女人。這個形象永遠是那麼地堅固不移。

對於關於十八歲前的記憶，於她是帶有幻覺的出口，甚至爲了保有這個記憶的完整性，她終其一生都不再回返越南。她知道一旦她回去了，那份儲存於過往的魔魅便會消失減弱，一如她所描寫的母親都是十八歲前的那個母親，母親停留在對抗殖民地的騙局裡，母親沒有老去卻也沒有年輕過，一如她對於越南根深柢固的印象。就像後來她離開母親，才開始寫了母親。

那一年是一九四二年，這一年她二十八歲，於她是多事之秋，這一年她還失去了一個剛出生就死亡的小孩，她寫的第一本書《塔那朗一家》遭到伽利瑪出版社的拒絕，這一年她在婚姻之外認識了另一個才子迪奧尼斯・馬斯科洛，即後來她在一九四七年出生的兒子之父。

她自己也成了母親。成了母親的她寫自己的母親，終其一生。

一九五〇年她發表《抵擋太平洋的堤壩》，即是關於她母親在越南的遭遇。莒哈絲化身成小說中的人物蘇珊娜，描述她的母親是出身農民家庭，有著黑頭髮和綠眼睛，後來當了小學老師。在當小學老師時遇到了另一個小學老師而結了婚，婚後聽說印度支那法屬殖民地缺人，他們便懷著開發新領域的夢想來到異鄉，並成為殖民地教員。未久，三個小孩陸續出生，丈夫卻也在蘇珊娜四歲時過世了。

艱苦貧困的歲月於焉開始。

在《抵擋太平洋的堤壩》裡，對於這個母親最細膩的描述，是關於母親買了一塊含鹽且海水常倒灌無法耕種的地，這位母親為了抗議及爭回那塊土地，於是寫信給土地管理員。信在莒哈絲的筆下非常暴戾，可能是出於莒哈絲自己對母親行為的想像，也很可能是真實的母親的實際行為。然寫作者毋須交代真偽，因為那不是文學要處理的。何況「凡所有書寫都是虛構」。

「如果我對我的堤防今年能擋住潮水也不抱持希望了，那麼，我最好把女兒送進妓院，叫兒子趕快離開這

裡，並叫人把三個土地管理員給殺了。」

莒哈絲的母親也曾經在電影院彈鋼琴，這個姿態又化身到她的一個劇本裡，在劇本《伊甸園電影院》的結尾，莒哈絲再次讓母親對殖民地政府書信抗爭，「我最後一次對您說，活下去總得靠什麼東西，如果不是靠建新的防波堤，即使這個希望很渺茫，那麼就將要靠貢布的三個土地管理員的屍體，即使這些屍體是可鄙的。」

多麼血腥暴戾，但又充滿生活被逼急的血淋淋況味，莒哈絲曾對於是否要保留這樣帶有教唆殺人的話語結尾而猶豫不決，但最後她決定保留。因爲對她來說，這種暴力確實曾經存在，「它像搖籃那樣地曾搖過我們的童年時代。」

母親，童年；情人，成長；老去，酒精……構成莒哈絲創作的來源。愛情和寫作是莒哈絲終其一生的兩股命脈，而母親則處於這股命脈之泉的中心砥柱。母親是其不幸的苦楚來源，她也因那個隱隱不幸的悲戚感而寫作，因那個早年埋下的宿命氣息而堅韌而筆耕不輟，因爲她以寫作作爲替過往一切的辯解，爲往事的各種際遇謀得一個安身立命的靈魂居所。

在《綠眼睛》一書裡，莒哈絲曾寫到一個夢，關於母親的夢，讀了也是讓人心驚膽顫，意象及語言皆十分飽滿。她在夢中又回到一幢有柱廊的屋子裡，就在過去的迴廊旁邊，女兒見到她的母親在彈鋼琴，她說：「這怎麼可能？妳已經死了！」母親回答說：「我讓妳以爲我死了，好讓妳能把這一切都寫出來。」

寫作者看了會不寒而慄的夢境。

現實世界是莒哈絲在母親去世後很久，曾經作了上述的夢，寫出來的幾乎和現實世界相似，母女之間的張力，以及寫作者面對眞實存在的壓力。莒哈絲長年寫母親，之前其母親也不苟同，原本她母親就不希望她成爲作家的。哪知道不僅成爲作家，且還不斷地書寫她。寫《莒哈絲傳》的作者克莉絲蒂安娜・布洛－拉巴雷爾（Christiane Blot-Labarrere）提出一個假設性問題，那就是莒哈絲的寫作慾望可能因爲母親的反對而增強，莒哈絲的反骨性格跟其家庭與母親有很大的關係。

莒哈絲的母親曾經讀過莒哈絲早期寫的作品，特別是莒哈絲寫《抵擋太平洋的堤壩》，是爲了表達其對母親那種不屈不撓的勇氣之敬佩。豈料，她母親看到出版的書後竟是不領情，她無法接受她在女兒眼中的形象，她也看不出書中對她個人悲劇進行的讚賞。「在她看來，我在書中指責她的失敗。我對過往進行揭露，這點她不理解，這一直是我一生中的傷心事。」莒哈絲在一九八四年接受《新觀察家》週刊採訪時，還提到三十多年前關於母親的這件事，足見她對母親的評價可眞是耿耿於懷，也對應出她終生得不到母親之愛的挫傷。

莒哈絲個性裡的黑暗面，最早也是來自於母親。「母親也常常在午睡時刻派我去一個地點隱密的中國寶石商人那裡，去賣掉手上剩餘不太值錢的東西，然後用這一點錢買一些晚餐的肉。不過這樣的境遇仍然豐富了我的生活色彩。也許該說，這樣的際遇讓我第一次接觸到人世的黑暗面。」莒哈絲在一九七八年三月接受法國觀察報採訪時曾這樣地說著。

語言暴力的母親。拉緊每一根神經的語言暴力，只是山雨欲來風滿樓的前兆而已，緊接著是處罰與無盡的傷心。

讓我讀了眞是熟悉無比。

純粹爲絕望而絕望的母親，也就是個性本質所攜來的沖積物。

有另一版本由胡品清翻譯（中法企業出版部）出版的這段文字更淺顯：「她的絕望是那麼強烈，於是連生之樂（不論如何強烈的生之樂）也不能排遣她的絕望。」

中國情人，十五歲半相遇的情人其實來自於因爲對母親的逃亡，這本書裡的主軸除了情人之外，最大的角色是母親，次角色爲其兩個哥哥們。

母親的身影在莒哈絲筆下化爲「流動的文體」，莒哈絲著名的文體，隱含音樂性的一種流動感。

莒哈絲母親早年喪夫，溺愛長子幾近變態，竟在晚年爲了這個不長進的長子還企圖養雛雞，結果因爲紅外線暖房操縱不當，六百隻雛雞全部餓死夭折。她臨死最後還要求要和長子同墓而葬。莒哈絲一生都祈求不到母親的愛，母親的愛全給了長子。

母親的愛和她的淚與絕望全化爲作家筆下的墨水，不幸的絕望感滋養一個生命力旺盛的作家，從二十九歲以Duras爲筆名發表《無恥之徒》（一九四三年），之後近六十年歲月在書桌前弦歌不輟，她的最後一部作品《寫作》（一九九三年），回顧了她的寫作內在，所纏所繞是深沉的孤獨，是無聲的吼叫。

孤獨與吼叫，瘋狂與流離，母親遺留給她的童年印記，永遠揮之不去的陰霾，她成功地將這些情愫轉化成文學的藝術語彙。

母親沒有給她愛，但她自己創造了這份不朽的愛。

吾之後輩讀者在這樣獨特的愛中浸淫反芻咀嚼，在讀其文字的黑暗中也會泛著如夜霧般如光暈籠罩的往事回憶。

一九九三年，
莒哈絲以這個形象迷住了我，
讓我想追尋她的旅程，想寫作，
想處理自己的人生黑洞。

巴黎

04 法蘭西的哀愁

憂愁你好

巴黎的異鄉生活，眞切又遙遠。巴黎天氣變化多端，不可捉摸，一如女人，有很多細節瑣碎的那種敏感神經質的骨感女人。

雨天巴黎，憂愁上心，灰藍的城市宛如灰藍的眼眸。兩隻貓陪伴著，卡琳娜喜歡人，更喜歡躺在紙張上頭，只要我開始閱讀和寫作，她都伴在身旁，躺在書桌上所攤開的書頁上，前世她大概也是作家。法國人說話總彈動著下顎，一出生就嘟著嘴說話，所以他們到了老年很容易唇邊就有了皺紋，專門保養唇邊四周的保養品是大奇觀。我看電視或是聽法國人說話，特別注意他們嘴巴的下顎牽動，常覺得那嘴巴的牽動宛如一隻獸在黑洞裡寄生。

憂鬱感官的民族，經過希臘羅馬拉丁人的血統混合，高盧人已經不高了且多所輕盈。然而老祖宗的基因仍常在血液裡作祟，慣於調情和浪漫的法國人實則骨子裡是堅毅不屈的高盧人，看他們抵忤美國資本主義的態度即可略窺，今日法國仍然是歐洲要左傾或右傾的指標地。

打開電視，永遠不匱乏老影片，打開櫃子，永遠不匱乏老物件。當我們台灣人早在用著DVD時，他們大多數人還在看著錄影帶。電視時尚節目其實只出現在固定時尚頻道，我看我的法國友人很少看那頻道一眼。她正看著法國性感女星象徵的碧姬·芭杜紀錄片，長年累月許多年過三十以上的人，對法國女人的印象都深受碧姬·芭杜和凱薩琳·丹尼芙的影響。

但我每天走在這座城市，卻見平庸者眾，若有美麗現身，多是少女的天下，西方女人別說過了三十，過了二十七、八左右就顯露了身體的疲憊。

碧姬．芭杜影片之後，是有關於一九一二年至一九三三年法國在印尼殖民的紀錄片，殖民也是西方的另一種奢靡，只是空間移位。三〇年代的奢靡帶著一種侵略性，今日的奢靡則是來自目光的自憐所引發的匱乏、暴增，是不可收拾的慾望。

巴黎城市，書店多，啤酒咖啡館多，寵物多，且妓女多。

才午後四點，街角的妓女竟已經打扮妖嬈地迎客招搖，晃出了整個安靜街道的隔夜之陳腐氣味。一個年輕的黑人妓女率先跑出街道攔住一輛車，我實在是忍不住地回頭想要看看有沒有交易成功。轎車駕駛身穿上班族常見的細紋格子藍色襯衫，他稍微說了下話後，又見他踩了油門離去，留下悻悻然的黑人妓女在街心。

在這座大城市，任何一個長得有點異國風情長相且打扮露骨者，皆有可能被誤認為妓女，正牌妓女則更坦然公開，這行業被她們運作得如此自然且明目張膽。

巴黎現今的高失業率，原本老年才在街頭流浪乞討的現象，於今卻讓我見到更多的年輕人坐在街上，等待人們投入硬幣。這些年輕人有時是三兩成群的，邊在街上乞討邊聊著天，衣著襤褸，神情卻不蕭索，好像乞討是一場同儕遊戲似的。

我想起自己在這座城市被兩個年輕白人扒光了我所有的現金後，對於這些年輕即加入乞討的行業者竟感到一股怒意。

他們怎麼能夠偷竊一個異鄉人的所有金錢呢？異鄉人舉目無親，是不同當地人有生命線求救系統的。要不是當時還有手機放在口袋，我眞是連求救都無能。

這巴黎是怎麼回事？

異鄉易夢醒。半夜，自己被自己嚇醒，不是因爲雷聲。推開窗簾，街道空寂，偶有幾輛車子滑過，灑下濕地，光束折射成波紋，天微藍，人微恙。

廉價的街頭，妓女們都已經消失了。

東方情調的魅惑

法國人有東方情結，可能源於過往殖民心情。但我覺得這說法太片面，法國喜歡東方，是因爲他們敬仰文化。我的法國友人姬兒旦也有顆東方的靈魂，她每天早上都卜卦，算《易經》。我們老祖宗的東西在巴黎渴望東方事物者的眼裡，都是美麗與智慧的展現。她對我說快月圓了，快月圓了！口吻像是個幽幽的通靈者，然後月圓日拿起剪刀要我幫她修剪後腦勺的頭髮，她的論調是月圓前剪髮可以讓頭髮長得好，留得快。她還眞是這樣地相信著。照她的意思幫她修剪，她突然說我好會掉髮，嗯，我點頭說但是每天掉髮，頭髮還是不少。她說奇怪她都不掉頭髮。可能因爲沒有新生所以長不好。「我的日子和頭髮都在原地踏步。」她說。

關於美食，通常法國人可不上餐廳，那多奢侈。都是上超市採買，法國人家裡的每個冰箱永遠有食物，有酒，有甜點。

朱利安爲我煎了檸檬鮭魚片佐香檳。

法國男人可媲美上海男人，善於做飯。

向他說在街頭亂逛，歌劇院區拉法葉百貨……還說起以前來巴黎數次，看過幾次巴黎時尚秀。朱利安一聽我如此說著，感覺好像他才是異鄉人。他住巴黎這麼久從來沒去過這些地方，只有幾回帶喜歡音樂的兒子去過巴士底歌劇院。他比較喜歡新潮的巴士底歌劇院。我又說起以前還搭夜船遊走塞納河，在船艙享用美食和美酒、跳舞……「我從來沒搭過塞納河遊船，妳比我還像住在巴黎，什麼都在體驗。」朱利安說。

巴黎人住在自己的城市，定然不會去做觀光客做的事，因此巴黎人的巴黎和觀光客眼中的巴黎竟是分裂的兩個面鏡。

珍惜回收物

巴黎人的公寓都有個二手衣回收桶，別以爲時尚之都他們都追逐時尚，恰恰相反，時尚只是一個國力的象徵，眞正的時尚是他們自己打點，自有主張，且非常環保。買衣等打折，連看電影參觀博物館都選打折日，買舊衣買舊書買舊物，談舊感情，彼此都是彼此的二手情人，二手行爲無所不在。

我和巴黎好友姬兒日常到傳統市集，方進市集入口，一股屬於下層社會的氣味撲面而來，市集是由攤販組成，在攤販背後有些店鋪和二手店，一間擠著許多黑人的空間透著奇怪的氛圍，姬兒旦說那是收容所，暫時收容一些偷渡客或是失業者。

下午兩點，市集結束，好戲才上幕。不知從哪兒冒出來的老人黑人在街道上努力地彎腰，爭相拾著攤販離去前丟棄的蔬果，在發爛的果菜裡他們尋覓著一些殘餘，也有些勤儉持家的阿拉伯婦女提著籃子，跟著低頭揀拾一些堅果類的食品。他們之後是垃圾車，很有效率地將街道垃圾淨空。

這才是巴黎生活的實相，生活的實相不是在香榭麗舍，不是在時尚秀，而是發生在傳統市集。巴黎的浪漫是被觀光旅遊者所刻板化的形象，眞實不是這樣的，每個巴黎中產以下的人民，每天面對高消費高失業率的壓力，加上全球化，物價明顯高漲，許多人家都得精打細算過日子，打折時才買衣服，週間期間去看電影，假日去某些免費博物館，到跳蚤市場買物品，到書攤買舊書，到黃昏市場買菜。

在市場的攤販上，我買了一件一歐元的衣服，共五件，這樣的物價消費讓我感到身心愉快。然後是我的友人進其工作室，我轉進小咖啡屋等她。昏暗的小咖啡館其實是賣菸之所，此地爲數眾多寫著Tabac的店，兼賣啤酒、咖啡。暑天，一個胖老婦人牽著一隻神經質的約克夏小犬在咖啡館喝啤酒，約克夏亂竄亂蹦，無一安靜。所謂的巴黎咖啡館，大都是啤酒館，夏天，巴黎人很愛喝杯啤酒消暑。小街小巷到處有這種寫著Tabac 的店，咖啡方糖很美；小小的咖啡店，黑壓壓一群人都在呑雲吐霧，巴黎是不可能禁菸的，菸是咖啡館的一部分。菸是他們的靈魂凝聽者，巴黎女人愛抽菸恐是世界之冠，抽菸姿態之美也是第一名，髒髒的地板到處是菸蒂。法國人邂逅的常見方式就是向陌生人要菸，到巴黎千萬不要戒菸，會少了很多機會。不過巴黎菸貴，打火機也貴，

法國女人有三寶：音樂（或書）、香菸、咖啡。

借火借菸當然不是借著玩。

巴黎女人有三寶，音樂（或書）、香菸、咖啡。至於男人，他們更需要寵物。男人，微不足道。他們享受，懂得花一塊錢享受一塊錢，懂得在感情享受肉慾情慾與樂趣，沒有包袱是首要。我的法國男女友人，常是同居十多年，外面且多有情人，情人是維持法國社會安穩的重要媒介，人心才不會大亂，調情永遠是必須，即使只是口頭上的。他們沒有第三者這個稱呼，第三者對他們而言不存在，因爲他們的感情沒有數字觀，只要還活著，就要永遠對感情保有興致，即使是幻覺。所以我說感情永遠都是二手的，因爲前一手都有人，甚且關係還維持著。

四周很喧鬧，巴黎人也很愛抬槓，這是一種存在的方式。

愛貓狗和超人

巴黎超市的沾毛工具銷路一定很好，每個家庭成員都需要。

沾毛工具也可能成爲情趣用品。我眼見法國家庭男女，每天出門也必得互相除毛呢，互相用滾筒式貼紙沾黏彼此身上的貓毛狗毛，前胸後臀後背頸部地上下滾動著。在我看來這愛貓人原來別有用心，這些動作隱含著高度的性感，設若是戀人彼此互相除毛，看來一早就又墜入愛河，軟塌無力地不想出門上班了，可能期望一直地「理」下去，甜蜜的輕微負荷。

有時在地鐵常會看到有些人的外衣沾著許多的獸毛，鐵定是家裡有養寵物，且一時之間忘了除毛，又或者是獸毛沾衣不足惜。這樣的主人通常都有點不修邊幅，可以想像他們晚上睡覺時，和寵物同眠的光景。

西蒙．波娃曾經戲謔道，這城市的女人只愛貓狗和超人。

貓犬墓園，可以媲美蒙帕那斯。

這種日常生活所想不到的事，在法國似乎常別有他想。以前曾在書店看到：《死了之後是否還有性生活》的一本書，有的廣告海報也寫得有趣：「如何美麗得讓人想咬妳一口」。這是屬於法式的幽默。冷調的詼諧。慢慢引出你的笑，漸漸地從笑中再轉成大笑。不若美式幽默的那種爆裂式的引人傻笑。

法式野餐與咖啡館

巴黎假日有跳蚤和流動市場外，社區野餐活動是很重要的社交，中午開始，在社區公園舉行。桌子和餐巾都已經鋪妥，樹蔭下已經有美麗的少女在群聚著聊天，年齡決定族群聚落的邊界。

發起這個社區野餐的女主人，在巴黎地鐵遇見一個表演不錯的團體，於是她請他們來公園獻唱，羅馬尼亞樂團異鄉人服務著巴黎人，奇特的畫面。我的耳膜已如貓豎起，熟悉的地下音樂飄進。所謂熟悉的地下音樂，不是指我知道音樂曲名，而是意味著一種風格，地下音樂指的是邊緣位置。帶點南歐風格的波西米亞流浪味道，再聽又帶點拉丁，這些國家的音樂唱腔渾厚，在地鐵裡聽來頗具回音效應。巴黎地鐵大站幾乎是邊陲街頭藝人營生的幽黯國度。

耳朵漲滿著音符。

我的巴黎居所隔壁是一家便宜的旅館，四處住著華裔人、非洲黑人、東歐人、拉丁人……有人摔著酒瓶。我掙扎起身，再也無眠。巴黎人熱愛異國文化，異國戀情，異國食物，可其實他們骨子裡只愛自己。

假日咖啡館的服務生態度冷漠，過於忙碌而顯露的不耐也常掛在臉上。

花神咖啡館的二樓，自然已無當年西蒙‧波娃在此寫作筆耕的氣味，二樓的昏暗裡也驅逐了不少觀光客的逗留。此間的廁所文化，倒眞切反應了法國向資本主義漸行靠攏的特徵，廁所入口外面坐著個黑影，非洲來的婦人在入口販售面紙等賺取蠅頭小利，然過往的觀光客沒有人留意她，甚至帶點匆匆行過的味道。

鄰桌的法國人顯然是這一區的有錢人，我坐的鄰桌是典型日耳曼區的巴黎人。我本以爲花神已經完全淪爲觀光客朝拜的咖啡神廟，原來鄰近的巴黎人還是來的，當然來此意味著他們也屬於資產有閒有錢階級。

觀光客通常都有臨別秋波、大撒銀子的慣性，因總想著不知何年何月生命還能在每個異鄉和人事物遭逢，遂顯得大方。當地人自然姿態不同，生活的計算是從早晨醒來就開始的。那麼，如果能夠在日常生活裡也生活得像個觀光客者，自然是屬優渥的一群。而夏日留在巴黎的巴黎人，都是沒有辦法度假者，電視廣告老早打出的夢幻假期於他們果眞是夢幻。他們的夏日是拿來服侍到此一遊的觀光客。

自此，我行走了她的世界。
浪旅在他方，白晝與黑夜，
莒哈絲的情慾與淚水，化為寫作的神諭，
我因追尋而壯大了自己，因發現了她，而靠近了自己。

巴黎，一座顧影自憐的城市

近午，搭地鐵，一號線的座位有兩款，一種是面對著車廂，一種是面對著地鐵的窗戶。未到中午，地鐵人不多。坐的位子對面沒人，於是我又照見了自己在地鐵車廂內晃動的身影。有時過了某一站有人坐了上去，我的身影便消失；他人離去，我又入鏡。出鏡入鏡，投射反射，在巴黎許多角落都有這種感覺：有時是窗戶，有時是落地窗，有時是倒影……倒影有許多，有時是路邊水管泛出的水，有時是清掃狗大便的水車，有時甚至是一攤的雨水，玻璃和水面都無時無刻地讓我照見了我自己。看著時而安逸，時而帶點迷人，時而帶著呆滯，時而拖曳著疲憊……種種身影的自己。我拍了好多自己從反射窗裡投射的自己。這是一座隨時會看見自己身影的城市。

投射，反射，我還是我。

巴黎的時裝店，特別是名店，簡直是窗明几淨至有如明鏡，讓人在決定要不要推開慾望之門時，先張望自己的德性。德性不宜者，還是少進爲妙。不知巴黎的櫥窗設計是否有這等意味。此地餐館階級分明，有友人說她穿得稍微休閒一些而已，和朋友想進協和廣場某家沙龍卻是不給進。我聽了心想，還是底層的區域和人們有趣且熱情多了。法國知名已故歌手皮雅芙就是來自底層貧窮窟，所以她是少數可以把爵士唱好的女伶。

閒晃巴黎一間複合式店Colette，Colette是法國非常有名的已故女作家，招牌寫著「styledesignartfood」，單字故意連起來，時尚設計藝術美食。連書店都有。每個單元都小小的，衣服飾品皮件貴得很，一個皮件背包索四百多歐元。不過學平面設計、服裝設計者至此，光瀏覽也有收穫。

當一座城市越發往右派傾斜，異鄉人的混雜成分越發濃厚之後，它的生活水平和物價差距就越發如鴻溝了。巴黎不可避免地走向這一條不歸路。

協和廣場一帶騎樓小店多，買了條圍巾。

在瑪德蓮教堂附近一帶閒晃，名店區附近顯然日本客人就增多了。走累了，我破例犒賞自己，到昂貴的Fauchon喝茶。茶很講究，有個小沙漏告知飲者飲茶時間，沙漏滴完即是品茶最好的時間，這是上層的作態巴黎。

忽下大雨，巴黎慣見的天氣。許多提著Fauchon袋子的日本觀光客站在騎樓下，行經時我想像著美麗紙袋內裝著松露、鵝肝醬、魚子醬、巧克力、橄欖油、甜點、香檳……我想像著物質裡堆砌的豪華，在豐腴精緻芬芳且明亮的想像中，我穿越了雨絲，並往悶滯且帶著臊味體氣的地下道行去，接著黑暗如生命的烏雲開始駐足我心。

擁擠的人群開始在四周雜沓，邊緣的街頭音樂表演正在彈奏著歌曲，我突然想起了初來巴黎時，野餐相遇的羅馬尼亞歌手，他們的歌聲是天生的蒼涼，落在那樣的明亮野餐風味裡，是如此的矛盾，而這就是巴黎。

原來我可以是巴黎，巴黎也可以是我；「巴黎屬於我們的。」楚浮電影。

巴黎當地人不愛帶傘，觀光客當然也常沒帶傘，倒是常帶瓶水，天氣乾，又沒有像我們隨處有便利超商可隨時買飲料，到咖啡館又不實惠，所以帶瓶水是很必要的。有時走遠路又尋不著店家時，還眞想衝進某戶人家打開水龍頭以手掬水喝。

閒晃終日。

杜甫、蘇東坡等詩集被翻譯成法文放在Huna鴉巢書店的櫥窗，行經時，我的東方自尊突然清晰且驕傲了片刻。

誘人的美學感官

我把濕淋淋的雙手往牛仔褲拭了拭。

隨興的異鄉人，很好，很舒服。我很樂於這樣做，無所姿態的姿態。

沿著塞納河，經西堤島的聖母院，突然從安靜中掉入喧肆。躲避一叢叢聚集的觀光客，買了塞納河最好吃的冰淇淋，邊舔邊走進小路，夏日唯小巷安逸，在巴黎街頭我喜歡好整以暇地踱步閒走，貼著典雅建築的陰影下行過一座美麗之城。

巴黎女人，我喜歡的巴黎女人總是姿態精巧優雅，自信是她們最美麗的裝扮，總是一種難掩情慾流動的氣質款款流瀉。巴黎女人的保養品牌頂級者眾，但毋寧更多的藥妝店吸引著一般的中產女人，巴黎的藥妝店多，像是隨時在召喚著女子似的。化妝品多以色彩淡雅包裝簡潔取勝，逛化妝品店像是回到吹泡泡童年，彼時天使環繞，我們的心還未染上世故風霜。

原來我可以是巴黎。
巴黎也可以是我。

櫥窗海報的美麗光滑女子臀部印著廣告標語，書店櫥窗有許多書寫慾望的書，這是屬於法式的激情，永遠對生活帶有一種自我感官的感受，存在主義的質疑理想性格不減，但多了法國人獨特的嘮叨式幽默。

屬於巴黎邂逅語言永遠存在，屬於巴黎夜慾呢喃情調也永遠飄散，這是一座姿態的城市。

巴黎的美是因爲它重視細節，細節是構成巴黎生活的主要切片。女生的圍巾和小皮包，男生的領帶和襪子，咖啡的小方糖，陽台的小盆栽……連保養品都分得細，在藥妝店可以買到臉部切割概念的保養品，嘴唇四周和鼻子、眼眶、下顎、額頭等分區皆各有所屬的保養品。

美容科技與時裝品永遠走在前端，但是巴黎人卻也是最懷舊的，電視頻道永遠有老片子在播放，塞納河舊書店日日流動著步履，蒙馬特假日二手市集熱騰騰上場，老建築老樹和老人總是被列入保護，塞納街上成排的新畫廊集結，而一家家的博物館則永遠框住死去的藝術靈魂。

法國人也常懷念殖民時代的東方氣息，蒙馬特山丘下的越南酒吧（Chao Bar）胡志民雕像高懸，天花板吊式風扇旋轉，厚重木頭桌子與藤椅相搭，這是法式東方情調。法國是歐洲最具東方魂的民族，他們喜愛東方情調卻又自覺於保存開發自己的法蘭西文化。侯孝賢的《海上花》在台灣放映時，才開場十幾分鐘就有人不耐地走出昏暗戲院，巴黎人卻愛《海上花》，他們所不解的只是爲什麼拍上海妓院卻不見親熱場面？

屬於巴黎人的感官是既要情調也要肉體的。這就是爲什麼巴黎人不厭其煩地裝扮，裝扮自古以來是法國人文化的一部分。

高度文化自覺使得法國在歐洲一直具有指標性的文化地位，任何藝術家在此取得發聲權就等於是打開了世界之眼。也因此法國人的政治態度常是歐盟的風向球，法國的左傾或右傾，亦是歐盟標竿。

這個國家自豪於文化，而文化從來都是因爲長期各式各樣的生活風格集結淬煉所致。新與舊，現代與過去，巴黎總是統合協調。

在這極度的兩端裡遊走，卻絲毫不覺得巴黎人的生活階級差距，原因在於即使是不富之人也會把家裡和自己的穿著弄得漂漂亮亮的，也許未必光鮮，但絕對看起來有個性或至少耐看與舒服，這就是巴黎人的生活樣態。

一個重視細節的城市就會重視自己的文化與歷史，重視歷史者也就重視當代生活。

上流社會與布爾喬亞生活

瑪德蓮廣場旁的時尚名店白日是貴婦名媛出沒之所，入了夜此區域成了高級妓女的徘徊地，男女愛慾在此遭逢。「女人的心中若有情慾，自然就會吸引男人。」我的文學情人莒哈絲最瞭解情慾的底層，巴黎情慾是在裝扮下才被彰顯出來的，滿街美女流賞不盡，一如美食，老饕食客終日穿梭。

瑪德蓮廣場的Fauchon，精緻美食飲茶館，茶水講究，以小沙漏滴漏來計數泡茶時間，這是作態的巴黎。杜樂麗花園（Tuileries）旁的百年巧克力老店Angelina閃著金光閃閃的沙皇時代巴洛克裝潢，用巧克力磚加熱所熔解的香甜滑軟熱巧克力極是香氣誘人，穿西裝的服務生卻很（不得已）的勢利眼，衣裝不整者請止步。巴黎表

面平等，底層意識是很階級的，十九區於今還自覺是貴族區，不准唱〈馬賽進行曲〉，而姓氏冠以「德」字者仍以貴族爲傲者大有人在。

從燈光昏魅如十八世紀的Angelina走出，下午陽光夏日仍豔，杜樂麗花園不斷逸出少男少女搭坐摩天輪的尖叫聲，感覺如此新舊對比，恍然Angelina才是今日巴黎，而摩天輪出現在巴黎眞的是最奇怪的現代歡樂物體了。

往協和廣場一帶行去，昔日黛安娜王妃最後身影處，鑽石恆久，但人很不恆久。精品店櫥窗亮眼逼人，衣著休閒者自動遠離。到麗池飯店喝下午茶，晚上到酒吧喝杯小酒是老派生活，近幾年流行的是靠近日系的極簡風格，有點像是「無印良品」的拷貝，但更爲高檔。這幾年最in的複合式百貨小店Colette，三層樓面，極簡白領裝潢，男女店員年輕貌美帥氣，宛如在走服裝秀地穿梭著。新穎設計師當季服裝作品高懸，有Lounge氣氛的餐廳裡名媛紳士輕聲細語用餐。從穿到吃，從書到家具皆備，高級中產雅痞。法國式的享受裡都得摻入一些文化情調。

拉法葉百貨一樓和聖日耳曼大道的ＬＶ旗艦店門前恆是有東方男女準備花大錢等著排隊進場，黃昏到來百貨公司關門，觀光客仕女們一臉沮喪。

拉法葉百貨公司內部天花板很巴洛克華麗風，觀光客到此觀平民化的服裝秀，我則喜歡百貨公司頂樓咖啡館，鐵灰色牆面和黃燈交融的空間下卻擺置白桌白椅，突兀的昏暗與亮眼相間卻又十分耐看協調。法國人對於設計的敏感實在是好得沒話說。

香榭麗舍大道一帶從豪華貴氣四季飯店開始即是上流社會出沒之處，六百歐元起跳的房間物價，明明白白訴說著此區域的高檔。尋覓路易十四風格的居所不必跑到凡爾賽宮，在右岸St. Honcore區的Le Bristol整體設計即是重現古典的路易十四王風，一晚房價也是六百歐元起跳。

夏日行過藍色的巴黎，時尚店都關門了，餐飲卻才正要熱鬧上場，五六點喝餐前酒，九點開始用餐，十一點多了嘴巴還在咀嚼，還在吐出言語的是法國人。

從巴黎ＤＪ流行起來的Buddha Bar空間與沙發和馳放音樂風靡全球夜生活數年，在協和廣場一帶入夜有幾家浪居吧（Lounge Bar）。不想泡酒吧者，遊夜河去。

搭塞納河夜遊船大多是觀光客才做的事，但法國人也常搭（非巴黎人），因爲夜遊塞納河風情絕佳，除了在船上用餐跳舞外，我最喜愛的是兩岸迴異於白日的風光，若是遇到霧籠巴黎，夜巴黎的迷濛很目眩很迷魅啊。

平民的法式日常

高級店的精燦饗宴之外，巴黎有著更多的是平民化的普羅階級享受。

巴黎，大城市通常意味著多層次的生活存在，可以提供各式各樣的人在此過日子。

通常，我在巴黎，也常窩在小型菸吧館喝杯濃縮咖啡和看芸芸眾生的巴黎人。小小的菸吧館是典型的老巴黎人去的地方，看報紙，抽根菸喝杯啤酒或是咖啡之地，小小的空間熱絡，喝完咖啡，定了定神，順便還上了

新與舊，現代與過去，
巴黎總是統合協調。

老式的蹲式廁所。

老式啤酒館的廁所外通常都有著滾筒式的擦手毛巾，經過一天已經是濕淋淋的一種沉墜感。擦手毛巾多濕，客人就有多少。

在平民化的物價裡一樣可以營造生活情調與品質，此才是巴黎人的生活真實，畢竟巴黎人不像觀光客是帶著錢來大把花的，真正的巴黎人深受全球化的物價膨脹與失業率不斷攀高之苦呢，所以真正的大多數巴黎生活是在為數甚多的Tabac小店抽菸，喝啤酒與濃縮咖啡。

巴黎人不能沒有超市和Tabac小店，就像巴黎女人可以不需要男人，但是她們非常需要寵物和小孩（法國常被戲稱是舉世私生子最多的國家，男女不結婚但同居生小孩者多）。

巴黎的寵物墓園永遠是女人最常掉淚與弔祭之所。

相對於上流社會常去的巴黎歌劇院，我比較常聽的是地下鐵的表演，隨興卻又高水準的走唱人增添巴黎地鐵的美麗與人文。

書店，啊，有一本書在手，再點一根菸，閒坐咖啡館閱讀，如此巴黎人即顯得美麗又有文化氣息。巴黎藥妝店多，可書店也多。他們打扮外表也打扮內裡。

中產講究時尚品味者最愛去的是Huna書店，就在花神咖啡館旁，藝術攝影書最齊全。知識分子最愛去的是在聖米歇爾大道索邦大學和法蘭西學院一帶林立的書店。法國書店沒有我們台灣庸俗的暢銷書高掛，他們的書店永遠高懸著經典作家與哲人照片，普魯斯特、卡繆、沙特、傅柯、莒哈絲……這些古人在物質之都依然雄偉傲然，散著不朽的靈魂之光。這是法式生活裡不能缺少的光，一本書是一個光，打開一本書就是打開漫漫長夜。

風格與情調，獨特與精緻，重視細節的法式品味，從吃到穿，從感官到物質，從建築到空間，從設計到藝術，他們是將美實踐得最透澈也最人間化的子民。

總是這麼兩極化的法式巴黎生活。

從公主到女丐，瞬間可以轉化姿態。昂貴區域與廉價區域明顯，店家態度也分明，但所不同於其他國家的兩極化是巴黎不論貴與平（貧）一樣美麗，一樣重視品味。

這品味的生成是法蘭西文化所烘焙出的。

聖米歇爾大道上的莎士比亞書店

莎士比亞書店是我極喜歡的一家英文書店，這書店曾經是文人聚集之地。牆上貼滿許多已故的作家肖像，書籍陳列凌亂但又有序。

海明威曾經在此，沒錢就跑到這裡租借圖書以慰飢渴靈魂。

此地有很多異鄉人在隔壁打地鋪居住，說不上的怪異，樓下有個看板貼滿了租屋和學習語言及打工的資訊流通紙條，以及邊緣表演團體的海報等等。旁邊都是高級餐廳和街頭表演者。

在此的人都會說英文，所以許多旅者都會來這裡聊天或是尋找些什麼。

在此可以耗一個下午，亂翻書，累了坐在沙發上假寐，或是在窗台下閒閒坐著，看下方街道慢走的人潮與急開的車子。

書店窗台的花枯萎了，我走到洗手檯澆水，好像在我家一般行徑。這裡不會有人覺得這樣是怪行爲，因爲每個人都很自我也很怪異。

這是巴黎少數會讓我久待的小角落。

挨在書店確實比任何地方都舒服。有書作伴常常勝過任何一個朋友。

異鄉客最愛去的莎士比亞書店。

05 重返莒哈絲的寫作現場

我像個竊賊似的目光東張西望，且盯住某個想要竊取的焦點不放。又時而像個突然不知落腳何處的流浪漢般地步履蹣跚，眼神空茫。

任何光陰和任何場景之所以被篩選和記錄都和記憶及感情有關。巴黎，寂寞喧囂之城，孕育著藝術文學的城市，我的心屢屢爲這些身影而眷戀此城。

這幾年來，在愛情底層最黑暗最孤獨的時刻，特別是在身心形識入於渙散之際，在外在物質繁華亦無由支撐而內裡卻被記憶酒精已然侵腐的年月光陰，陪著我的人是一些女性經典人物。

藉由她們，我也在尋找自己生命的能量與原型。

我在她們的歷史現場，表面看宛如是一場一個人的嘉年華會，實則我那一個人的嘉年華會裡，有著許多我景仰的前靈和我錯身而過或者和我進入生命的舞踏裡，生命舞踏的場景是她們生活過的歷史舞台，道具是藉由她們的生命歷程與創作作品，以肉軀，以血淚，以情愛，以事件，以飽滿，以幻滅，以希望，以絕望……以文字，以言語，以個性，以好惡，以影像，以藝術，以品味，以陳設，以物質……以一切的一切，我和我自己進入她們的世界。

那個世界是無聲的，那個世界在沉默中有一種極致光芒的存在，逼我目光凝視不移的存在，讓我腳程定定不移的存在。

出巴黎地鐵腦子還浮現著方才一對音樂流浪戀人在地鐵車廂內一唱一彈，歌唱彈奏技巧尚且不論，但二人默契貞好，眉來眼去的時間點完全自我沉醉，毫無扭捏，衣裝些微破舊，樂器外殼脫色，貧窮的華麗實踐，我喜歡的人間色調，極致狀態，無時無刻。

黑暗暗的地鐵悶熱熱的人氣，轟隆隆的輪軌霎時遠離我的感官。最末一個地緩緩走著，自動感應人體的兩爿電動門刷地應身而開，砰砰兩下，迎面的風瞬間也跟著被彈開到臉上，衣袖翻飛，領口貼上臉，人險險不穩。若這時迎面的出口有一道強光，會恍然以爲有來自天界的使者來接引；若這時迎面的出口是下雨的巴黎街道水光，瞬間，突如其來的一種淒清感便擄掠了我，我那易感的心便在行將出口之際交了出去。異鄉人可以因爲一道強光一串雨滴而讓心有了完全不同的溫度與感應。我是要來尋找莒哈絲，可冷不防我卻常想起卡繆。

卡繆和莒哈絲出生只相差一年，皆在法國殖民地出生成長。卡繆在北非阿爾及利亞，莒哈絲在越南。文本文氣完全迥異的二者，卻總讓我讀來有同等重量的悲傷與備感虛無。夏日豔豔的巴黎正好合宜悼思他們，他們所屬的陽光，同樣具殺傷力，《異鄉人》殺的是個具體的他者幻影；《情人》殺的是自己的初次性經驗，同樣血跡斑斑，同樣凶險異常，同樣沒有理由。

陽光迷濛，巴黎的陽光人人趨之若鶩，我卻滿懷哀傷，只見滿城喧囂卻單薄的人占據於此，我爲一種逝去的經典悲傷。

那樣卓越的文學西方前輩經典，是我永遠長途跋涉渴切聞悉的地圖記號。像前之來者爲後人綁在樹上的紅布條。

這是巴黎地鐵讓我可以瞬間跌入超現實幻覺的出入口。

異鄉人有一個傾向：「身體的需要往往會影響到情緒。」我是如此，非常地如此著。同時間，情緒也會搖撼身體的基地，往往互爲作用而崩解。我是如此，非常地如此。

莒哈絲，我必得提妳同時代讓我心儀的文學家，因爲你們都在同一張地圖裡發亮，閃閃點光。

我知妳善妒如狂，夸夸自大，不屑並比，但我的這張文學地圖妳絕對擁有超越卡繆的位置。妳是我的情人，文學上仰望的情人，歷歷在目且時刻交心的情人。

就在這樣自我浮誇式且漫無邊際的遐想時，腳步已經踏上了地鐵通向外界的階梯，眼睛陡地被光刺了一晌，瞇了起來。意感前方有個黑影停了下來，他遮住了直射我眼前的光光芒芒，像一棵濃密的傾斜大樹擋住了窄小但強烈的光口，恍然是大太陽中黑夜陡降的沉寂。

我不禁仰望比我高幾階的男子，剪影勾勒邊線，只能看出一團像事物般的狀態，清楚的是手裡抓著報紙。他就這樣等著我踏步上來，意感此人的目光比他身後的陽光還灼我眼目。我瞥眼陽光灑在入口階梯的牆面上，折射出高高低低，陰影有了層次。

我等著他開口。他竟不開口，就一直隨著我走上階梯。聖日耳曼大道上的街頭藝人正在調音，曖昧不明的單音節伴著大量的語言在街心漫灑開來，那種如濃稠濕霧般密罩的高音波散在幾條街道的空氣中，我不知可以逃往何處，我深知逃無可逃，在夏日闖入巴黎的時光裡只能直往核心去，這裡沒有邊陲，因爲整個巴黎都是中心。

在鬧區裡往熱鬧裡去，就像悲傷時定然要聽更劇之悲傷與悲音般。在同質中高拔感官的極限。

我們，我心裡竟然已用起這個字詞。他和我同步，他必須放慢步伐才能跟我同步，而我並不因他的大腳而快走，顯然步伐的配合即可略知誰處上風。穿過雙叟咖啡館，露天咖啡座全面向我們，座無虛席，人卻空虛。再穿過鴉巢書店，櫥窗正展示著關於中國藝術的書，中法文並列，我停在櫥窗前，臉龐映在玻璃，男人的臉亦映其上。金邊眼鏡在陽光下發亮，「中國字眞是美妙！」他用英文說了話。此地沒有別的人標誌著東方的符號了，他顯然等我開口。我微微一笑，再不接腔就有點拿喬了，熱氣夾擊我的臉頰。

隨口說懂《易經》嗎？豈料男子眼睛眨亮了片刻說他幾乎每日以銅板占卜呢。又是個西方軀東方魂的傢伙。我看清他手裡拿的報紙是「世界報」，社會議題要左傾還是右傾沒完沒了。

轉身離開櫥窗，差點踢翻蹲在書店角落的一個老流浪漢的乞缽。花神咖啡館在望，男人靠近了我一點，「可以請妳喝杯咖啡嗎？」點頭，平常我一個人是絕不會進入花神的，何況又有個看起來不討厭的男人要請我喝一杯。眼前陽光明亮，每個投下的陰影拉得好長，一個接一個，雜遝而過。

後來，男人的事就已屬小說介面的材料了。

夏夜遲遲未至，晚上九點多了，天還深藍得近乎無情。

我在一個陌生的空間看見另一個自我，靠近雨果咖啡館的一條極小的街道。窗戶狹長，樓梯是迴旋式的。窗外有咖啡館的氣味與夜晚覓食的人聲。陰暗的旅館屋頂上有貓跳躍，街道的另一端是通抵聖保羅教堂。

隔天我在那座教堂的階梯發呆閒坐，被一個行經的小女乞丐突然抓住手親吻，乞憐著淚光索討。看到女乞丐就想起莒哈絲作品《副領事》裡的女乞丐。

而我自己也像個乞丐地坐在教堂外的台階上。

又是個豔陽天。我必須珍惜這樣的暖暖陽光，因爲烏雲在生命裡從不缺席。

我，一個寫不完的個體；巴黎，一座寫不完的城市。

莒哈絲的房子

對作家而言，房間是個躲藏的必要洞穴。

「深處在一個洞穴之中，身處在一個洞穴之底，身處幾乎完全的孤獨之中，這時，你會發現寫作會拯救你。」

莒哈絲說，買房子導致了瘋狂的寫作，它好像是火山爆發。

空間對一個寫作者竟產生如此巨大的效用。

三個居所，一爲巴黎的公寓，身處文明與鬧區的聖日耳曼大道附近。二爲鄉間居所諾弗勒城堡，三爲面向哈佛港大海的特魯維爾。

三個地方，象徵莒哈絲對於移動所需的不同氣味與對望的需要。

眞讓人羨慕。有那麼多可以轉化的空間。

諾弗勒城堡的窗沿爬滿了藤蔓，就像莒哈絲的寫作風格。莒哈絲說，買房子導致了瘋狂的寫作，它好像是火山爆發。

莒哈絲對買東西其實很節省，去人家那裡作客也常忘了要帶東西。但是她對於買房子卻很大方，因爲房子給予她安全感，可供逃亡安身的居所對她無比的重要。

莒哈絲在法國有三個重要居所，這三個居所記錄著她以莒哈絲這個筆名開始寫作出版的一九四三年（時年她二十九歲）至一九九六年的一生。

有人說，莒哈絲的美麗被貧困消滅了。我不認爲是因爲貧困，而是爲了寫作而讓外表之美陷入彈盡糧絕的絕滅之境。有人說莒哈絲一生都沒有富裕過，我倒覺得她很富裕，也許在衣服和裝飾上她沒有太過奢華，但是她有三個房子，這令想要有空間逃亡的創作者而言是多麼棒之事。再說若不以物質論貧富，莒哈絲在文字世界中是極爲多產的作家，而她的文字通過時光驗證也已是富貴長命的作品。

三個居所，也可看出莒哈絲對空間的要求有過人的冷靜與前瞻想法。

巴黎第六區聖伯努瓦街五號（RueST. Benoit）。

這個居所的環境很出名，出名不是因爲莒哈絲而是因爲沙特和波娃住在附近且在此活動。在第六區聖日耳曼大道地鐵出口站標誌的歷史名人故居也僅沙特和波娃。沙特和波娃二人組合的形象太過光鮮明亮，不若莒哈絲於我更有一種說不盡看不清的寂寂淒淒。

更富憂傷情調。

莒哈絲住在聖伯努瓦街五號的套房時，那年是一九四三年，在此之前她已和羅貝爾·昂泰姆結婚，夭折了一個小孩，同時她深愛的小哥在中國抗日戰爭期間去世，她的感情陷入三人世界，因爲她認識了生命中非常重要的另一個才子馬斯科洛。

終生戀愛不斷

莒哈絲一直喜歡弱勢的族群，我想，就像她的書寫對象與愛情對象常常不是社會的主流，一如她在回到法國後遇到的情人也就是後來的丈夫羅貝爾・昂泰姆。他們在一九三九年結婚，這段感情曾有一段長時間的三人行，是因爲三年後莒哈絲認識了迪奧尼斯・馬斯科洛。一九四六年，莒哈絲和昂泰姆離婚，因爲她懷了馬斯科洛的孩子。之後三人行瓦解，她和馬斯科洛同居，一九五七年再度和馬斯科洛分居。三人的愛情淡化後，友誼仍持續至死，他們是莒哈絲的愛情海裡重要的兩個人物。

這就是大致上的故事，他們三人同住一個屋簷下時曾經是一般禮教無法接受的愛情。

昂泰姆是猶太人，還因爲參加密特朗組織的抗德運動而遭到逮捕。當時莒哈絲憂心至瘋狂地步，後來靠密特朗尋獲，還是馬斯科洛開車去接回昂泰姆。後來昂泰姆在莒哈絲累月的細心照顧下，才從死亡邊緣搶救回來。

這段過程的體驗，昂泰姆寫在《人類》一書裡，而莒哈絲經歷此事後來發表了《痛苦》一書。關於莒哈絲早期的不少著作裡也常以受難的猶太人爲主角，猶太人的形象就宛如她晚年的中國情人形象般牢固。

昂泰姆是莒哈絲畢生唯一結婚的對象，那年她二十五歲，三十二歲離婚，自此終生戀愛不斷，未曾再走入婚姻。在《莒哈絲傳》裡，第四章寫到了莒哈絲對婚姻的看法：她認爲婚姻是社會習俗，在那個年代她沒有任何裡由不像其他人那樣的結婚。但是，婚姻很快地就使她失望。它使女人失去自由，而男人卻得到自由，同時又不會受到譴責。因此婚姻要維持下去，需要有意外事件，需要有懷疑和嫉妒。而同其他人見面，可能會產生新的愛情。

這本書還提到莒哈絲曾多次指出，通姦不是女人爲了擺脫厭倦的生活而不得不做的一種嘗試，女人通姦是因爲她們總是想處於初戀的興奮狀態。然而愛情卻又總是希望專一。

婚姻會扼殺女人的自由，這是她的體認。

而想要持續愛情的新鮮但又要維持愛情的忠貞，她覺得在婚姻裡頭根本二者矛盾互相違背。

昂泰姆和馬斯科洛都是法國文化界舉足輕重的知識分子，三人過往的交誼以及歷經生死的無悔救難是莒哈絲情人中最爲人稱頌的一段，即使當時的傳聞對於他們三人的情愛糾葛極盡歪曲之能事，但對於三人的惺惺相惜，也不得不豎起大拇指相看。

男女之間的三角戀愛可以到達如此的生死攸關深刻交誼的地步，確實是愛情裡的最高異數與藝術。

本來，太平庸的人事就不合莒哈絲的口味，她是天王星皇帝在宮位的女王，具有主導別人和環境的能力，對於愛情，她要的是絕對完整，而不是安全的蒼白。這是屬於莒哈絲王國的精神奢侈。

就像她對於女人的評價，她覺得美麗的女人如果不帶點墮落就不夠美。

我想就是如果美麗而無個性就顯得平板無聊。

莒哈絲吸引男人，早在她十八歲前她母親有一天就對她說，男人喜歡她，是因爲她之爲她吧。

莒哈絲對於一切都覺得可以挑明說，也因爲這樣兩個男人同時可以爲她存在而不必遮遮掩掩。

就像她曾經對友人聲稱我們都是種族主義者，她說必須承認這一點，她舉例說像她就不會同意懷黑人的孩子，她不可能愛他。

難怪有人形容莒哈絲時說她性格粗魯，感情激烈得近乎古怪。

非常鮮明的個性印記展現在莒哈絲的人生愛情與語言及態度上。

巴黎的漫遊者

在這間居所，她開始用莒哈絲筆名發表第一本小說《無恥之徒》，從一九四三到一九六一年這段時間她在這個居所發表的小說無數，幾乎是一年一本，《平靜的生活》、《抵擋太平洋的堤壩》、《直布羅陀的水手》、《塔吉尼亞的小馬》、《樹上的歲月》、《琴聲如訴》以及劇作《街心廣場》。和著名導演亞倫・雷奈（Alain Resnais）合作擔任編劇的《廣島之戀》（一九五九年）更是在此居所完成的。

《廣島之戀》是我第一次接觸莒哈絲相關電影作品的開始，在高三那年，看完整個人傻傻地掉入一種魔魅

迷離的哀傷情調。黑白影像加上廣島原爆下的愛情，餘生之感，餘生就是人世漂流。

幾度來到聖日耳曼，我常以此區來作放射性閒走，一天走一個方向，常常走一整天然後覓個人少之地的咖啡館喝杯啤酒或是咖啡。

有時會刻意早一點落車，在巴黎搭公車比較舒服，可以看車外的城市風景。搭上八十六號公車在法蘭西斯學院下車再步行到聖日耳曼大道是我喜歡的一條路線，沿途有許多書店和舊書攤可以停留看書。

巴黎大街小巷是這樣地適合一個人亂走閒走快走，但這樣漫無目的的時日過多之後，懷有一種特殊性的目的旅程讓我不至於那麼孤獨且漂泊。

就是這樣的巴黎生活，時緩時緊，無目的與有目的交替在整個旅程。

反正我自己也是個過時的人。書寫本來就是個古老的行業，它和精神的底層連結，爲此我來這裡尋找發亮的老靈魂，這些靈魂即使已死也還活生生，就像莒哈絲說的：「就是我死了，也還能寫作。」真是精神韌性的極致王者，連死神都得俯首稱臣。

之前和巴黎男子喝過咖啡的位置現下坐了兩個美國妞，在我行經時聽到她們大剌剌說話的口音以及見到她們浪笑抖動的胸部，花神咖啡館似乎可以改名花癡咖啡館了。

現在不管存在不存在主義了。我要尋找的氣味是莒哈絲。

從花神咖啡館直直走，即是聖伯努瓦街，這條街不大且短，兩旁也是咖啡餐館，很高檔的樣子，平常一些巴黎出版商常常來此吃飯聊公事。夏日時光就僅剩觀光潮了，我尋到了五號，仰望公寓一陣，尋常的巴黎舊公寓，約五層到七層樓高，沒去數它，僅目測。米白色的建築牆面，咖啡色的大門有一種精工雕琢的資產階級樣貌。走到建築對面取景，來來往往的當地人穿著講究，貴婦常常是帶著名犬走動，文人仕紳樣子巴黎男子穿著格子西裝叼著菸斗略微彎身地邊走邊想著事。

旁邊的餐館傳來食物的氣味，提醒我的飢餓。

身處這樣的街區，不知莒哈絲作何想。好在當年她坐落此地時才剛剛在寫作上起步，此地的環境也還未觀光化，她在巴黎的這間套房寫作，也在此結婚離婚。並在此出書漸漸有了些名氣，這裡對她的意義有如一段深沉且不朽的愛情，最後莒哈絲還死在此居所。從成名到去世，五十多年的漫漫流年，她都保有這個空間，現在她最後的情人楊繼續了這個空間的生命。

我在這棟公寓的對面建築之露台台階上閒坐，陽光下閒坐台階，無人理會我的姿態，大城市容得了各種奇花異草，容得了平庸與奇特。各式各樣的殘存與生存者，成就與失敗者。

「大師需要時代，這個時代是消費主導的時代，我不會是大師，不要空想，肯定是沒戲的。」導演張藝謀曾經這樣說。然則莒哈絲的時代是更遠了，她那個時代以及法國本有的哲學和文風營造了個體在整個時代的分量，時代撐在背後，個體切進整個時代，我不禁要說，文學家都嚮往時光倒流的，甚至嚮往在法國當作家。莒哈絲如果一直留在越南，那她就是再會寫再能寫也未必能成就的。

我在巴黎聞到整個城市的濃厚文氣，讓我神往。

聖伯努瓦街五號公寓沒有人下樓也沒有人上樓。大門一直深鎖。夏日的巴黎人都出城了，鏤空花草線條的鐵鑄窗台。想像那個空間，一個作家拉上所有兩層式窗簾，一白紗一厚布，那是每個巴黎人家的典型家飾。「閱讀時不能同時處於日光和書籍的光線之中。在電燈光下閱讀，房間陰暗，只有書頁被照亮。」由此可見窗簾勢必是要拉上的，當她閱讀和寫作時。白天的光線讓作家心思無法幽微，電燈的光暈以及四周的昏矇黑暗反而讓思慮清晰。大白天裡也得拉上窗簾，門簾深鎖重重。

黑暗，被黑暗包圍的黑暗之心，在筆端的黑墨水裡悄悄在白紙現身。生之掙扎，愛之糾葛，慾之纏繞……因爲黑暗才寫作，因爲痛苦才寫作，因爲疑惑而寫作，因爲模糊而寫作，因爲想釐清而寫作……

寫作是內心活動，幾個原型反覆被書寫，母親，我，女人，情人……以不同形式與腔調出現，這是認證莒哈絲結構的先決基礎步驟。

觀看的城市

從莒哈絲過去最早拍的黑白照片裡，可以見到這個房子的空間比較壅塞，長的寫字桌，桌上有台打字機，咖啡杯，菸灰缸，擱著亂亂的紙張，吸引我的是桌前的檯燈，看起來像是鐵骨鏤空又像是硬竹編成的基座很有設計感。稍晚一些年代所拍的照片也有許多是這個空間的，但擺設不盡相同，但一定有張長書桌。到了八〇年代尤其是她寫了《情人》獲得法國最高榮譽的龔固爾獎之後，可能因爲活動和採訪關係她回到此間房子的機率顯然多些，她的長桌子更顯得凌亂蕪雜，紙張和書本亂置卻又有序，一些藥片和藥水瓶，立可白口紅膠等。

房間懸掛著繪畫作品，還有一些攝影照片等等，另一張小桌上也是書本成疊擱置，酒和酒杯等。書架成排站立，在書架的書本則非常井然有序。

在這裡莒哈絲有過一隻虎斑紋的貓咪，她和貓咪拍過的幾張照片都非常迷人，人很迷人，貓也很迷人。這可能是她唯一養過的寵物，那隻虎斑貓常讓我想起我在紐約養的同型貓咪，我喚牠Tiger，卻不知莒哈絲叫她的貓咪什麼。

照片裡作家的手稿，有著改過的痕跡，我看著照片，她的話流過腦際：「即使我閉上眼睛，我仍感到我的手竭力想寫得快，不想忘記。」

巴黎終究是莒哈絲文壇影響力的活動擴散領域，即使她後來有了其他地方的居所，她還是常常回到她的巴黎。大隱於市或是大現於市都是一種態度，城市提供藝術家活動的成名舞台，但在許多世故的藝術家內在裡也非常清楚個我和城市的或即或離之進退關係。在城市的孤獨狀態是迷人的，之所以迷人是因爲城市的燈影幢幢交織的虛虛實實很符合藝術家的華麗與蒼涼樣態，藝術家本來就具麻煩的體質，要夠世故還得夠天眞，要不著迷又要夠著迷，要入世又不入世，要清楚也要混沌，在痛苦中又不被痛苦吞噬。

聖伯努瓦街幾分鐘即可從頭走到街盡頭，但我在這條街的階梯台階卻曬了一個小時的太陽，啃了一個之前向土耳其或是摩洛哥之類的小販買的烤肉片三明治。連接著賈各街（Rue Jacob），到賈各街晃一晃，有些小餐廳雜貨店和水果攤，在雜貨店買包菸，想像莒哈絲該都是到此買菸的吧，放眼這街的前後左右就這家離五號公寓最近。抵賈各街往右轉，到了另一個路口的轉彎處有家咖啡館，我累了，便在戶外咖啡座點了杯濃縮咖啡，抬頭卻見坐的位置恰好有面鏡子，遂自拍了一張尋找莒哈絲的旅途照片爲念。

然後抽菸看街看人。街上的人也看我看他人，這是個觀看的城市，慾望在此目光流轉，看上眼了便可以多盯幾眼。巴黎街頭有許多的妓女，在此若稍微妖嬈且不羈很容易被誤認，何況我自身東方女郎的符碼如此顯著，使得我有時不敢亂盯著人看，有回也是在此區域流蕩，有輛車子突然煞車停下來嘰哩呱啦說了法文，我方搞懂他問我要不要上他的車，搖頭。

這樣的情形發生過幾回。後來逼得我在一個人獨處時把書本拿出來，讀書或者讓書陪我，免得因爲太常看人而被當巴黎小婊子似的看。

如果是莒哈絲呢？在她年輕的越南時光她是享受被觀看的，在情慾裡頭她覺得那是一種撩撥。可等她年長了，我從她拍照的樣態觀察，其實她過去那外顯的撩撥式情態與目光早已內化成自信內斂的光芒，還是這樣比較舒坦吧。

我一個人，我享受這樣的一個人。當我不想要有介入者時，請勿打擾，免得我忽露凶光，一隻貓會成了一頭豹。

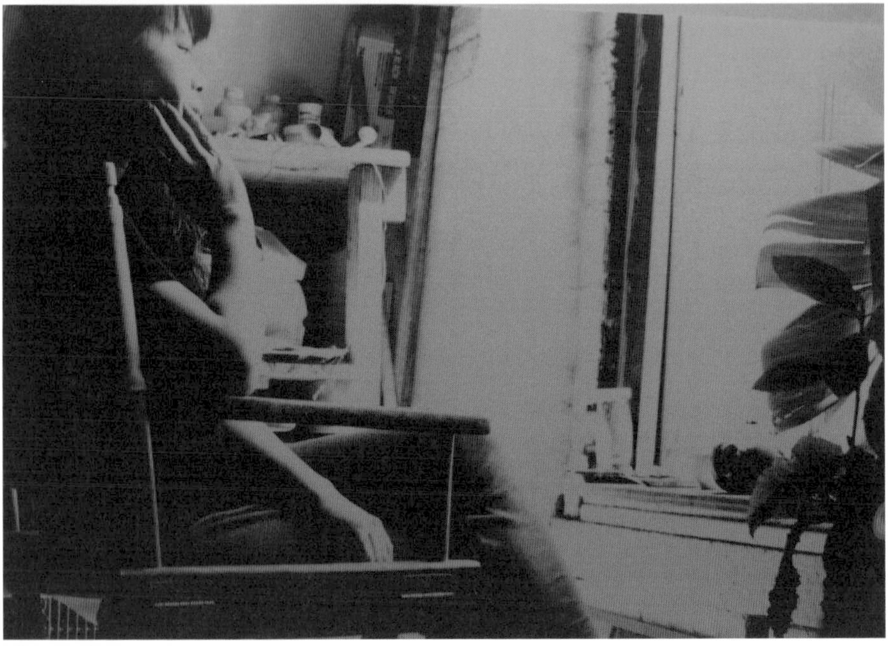

諾弗勒城堡的憂傷音節

我的法國畫家朋友朱利安開著他的休旅車來到我和姬兒旦碰頭的地鐵站外。下雨的巴黎街頭格外灰濛，人車在灰濛中依然忙碌。朱利安和姬兒旦相約同去位在巴黎郊區的嬌蘭基金會美術館看展，我查過莒哈絲在諾弗勒城堡的房子位在嬌蘭基金會美術館的途中。兩個法國友人非常高興我願意同行，而且還說要不是因為我他們也不知道莒哈絲住過那裡呢。三個人看展同遊，且也了了我的心願。

朱利安載我們來到這個地區後，先停好車，再慢慢找。大家皆一無所知，先是問到了法國其他地方來此玩的遊客，聽我們在打聽莒哈絲的住處，還反問莒哈絲住過這裡嗎？真的嗎？

已近黃昏，天氣突然轉冷，風頗大。很淒清之感，和巴黎市區簡直是兩個世界，很適合像莒哈絲說的；「可以躲起來寫書。」

天冷，需要熱量，一時肚子餓，跑去麵包店買了幾個可頌和鹹麵包，朱利安則拿著我買的書和有關於這棟房子的照片到麵包店鄰近的商店去打探。我和姬兒旦吃著麵包，躲在麵包店避冷風，忽忽在麵包店的窗前看著朱利安走回來，臉上笑著，姬兒旦說鐵定他有譜了，你看他笑得多麼得意和開心。果然朱利安說村人已經為他指了怎麼走的方向，很近，靠一個水塘，幾條街就到了，莒哈絲在這裡對此地的居民來說很熟悉。我想起她曾在過世前三年發表的最後一本書《寫作》時，提及她曾晚上外出和村民喝酒聊天等事。

一棟別墅型般的房子在前，煙囪綠樹，池塘。前面是一條彎曲的小馬路，街道極爲安靜，「這所房子就是孤獨之地。」我想著她的話邊興奮地四處走動和探頭東張西望著。

牆面、木門和窗戶爬滿了不知名的葉脈式藤蔓，爬得滿滿的，幾乎看不見房子的線條。窗戶還有空隙，我貼近瞧，可以見到房子裡面的模糊樣貌，一張長長的寫字桌，桌上有檯燈、花瓶和撥號式的電話，幾張椅子，鋪布巾的沙發，稀稀落落的盆栽，壁爐，木頭多層櫃，幾個倚著牆釘上的木長片上擱著一些看不清的物罐，燭台、瓷偶、花盆……長桌子的前方是長窗，窗外是庭園。天氣好時莒哈絲就在庭院外的長桌思考寫稿，庭院外的左側即是垂楊樹和水塘。右方是樹和鄰人的房子。對了，應該還有鋼琴，莒哈絲因爲母親的關係從小學過琴，但她也說，只有自己一個人時她是不彈琴的，在只有自己的情況下唯有寫作才對她具有某種意義。「要是我像鋼琴家那樣彈琴，我就不會寫書了。」

我們三人四處走動探望，尤其是我爲了拍照在窗戶邊逗留。終於引起一個老婦出來，她也張望我們三人好一陣才走過來。和朱利安、姬兒旦說話，原來這婦人是莒哈絲多年鄰居，婦人說每當莒哈絲外出，總會託她代爲看管房子，現在這房子是莒哈絲的兒子在住，婦人還說昨天她兒子還在呢，今天上午剛好出遠門，否則還可代爲求見。現在主人不在，即使婦人有鑰匙也因受人之託而難以讓我們進屋探個究竟，二十多年她就是如此受託了。

婦人長得氣質眞好，年輕時應該就是那種典型氣質型的美女，臉蛋和身材都屬瘦削嬌小，和莒哈絲未受酒精毒害變形前的樣態有幾分神似。我趕緊按了快門，以她來代替回想莒哈絲。

婦人說，莒哈絲很多早期的作品都是在此完成的。

這間房子雖名爲城堡，但其實並非豪華和巨大，但空間也可觀，約四百平方米大，獨棟的存在且環繞著高聳的樹蔭，顯得那樣的孤立絕凡。幸運的莒哈絲有此空間面對人們（有時她會在這裡招待朋友）以及面對自我（長時間一個人獨處於此），又是兩個極端。莒哈絲在一九五〇年發表《抵擋太平洋的堤壩》，幾年後她賣掉了這本書的電影版權，並以此電影版稅買下了諾弗勒（Neauple-le-Château）這棟房子。這棟房子讓原本窩在巴黎公寓套間寫作的莒哈絲有了較穩定的精神狀態。她寫道：「它屬於我，我是它的主人。買房子導致了瘋狂地寫作。它好像是火山爆發。我想這所房子起了很大的作用。房子使我不再爲孩子才有的那種憂慮而痛苦。在買下時，我很快地便意識到自己做了對我來說很重要的事，具有決定作用的事。」莒哈絲說她當初以爲自己買這棟房子是爲了朋友們買的，爲了接待朋友。但後來才發現她是爲自己買的。「每當有人來，我既感到孤獨感少了些又覺得更被人拋棄。到了夜裡才能體會這種孤獨感。」

莒哈絲在諾弗勒有時很晚會出去，和村裡的一些居民一起喝酒聊天，有時在咖啡館還可以待到凌晨三點，那是莒哈絲喜歡的外出活動。

「我寫作，我生活。」生活認可寫作，寫作認可生活，彼此認可彼此，互爲一體。這所房子讓莒哈絲發現了自己那尾隨於生活的寫作激情。激情之後是絕望，莒哈絲的絕對與憂傷美學。那絕對是四月天王星的王者強烈極端性格，那憂傷也是際遇造就的渾然天成本質。

近幾年我在旅途已經很少拍自己，最多就是拍玻璃和鏡子中折射的自己旅途身影以爲紀念。但來到這裡因有友人同行，於是請朱利安幫我在池塘邊拍照，和書中的莒哈絲照片同樣的位置，照片拍於一九五七年。相差多年，同樣的位置取景，池塘背後的房子已被後面長高的樹擋住了。拍照，也是一種心情，一種致敬。

離開莒哈絲的寫作城堡，天色漸轉灰，灰灰的天，但還沒暗下來，奇怪的法國夏日天氣，說冷就冷，但是天色還是謹守一片的灰光，爲我的眼睛砌開一點亮度。

回程，公路兩旁已有發黃的落葉飄下，天空下了一場雨。

雨聲，有一種憂傷的音節，在我聽來。

灰色，莒哈絲小說文字裡的一種顏色。突然我想起你，你說我的眼睛很美，很深邃。我想那是因爲我注目著你而美，因爲想你而深邃。

愛情，永遠是憂傷的音節。島嶼的你說願幸福的羽翼在我的肩上閃閃發亮。但我的羽翼已經斷裂好久了，不知何時修復的好。你的祝福遙遠而摸不著邊際。我想著想著就打了盹。前方是朱利安和姬兒且在說著好聽的法語，法語在雨聲中伴隨我閉上眼睛凝神。

莒哈絲城堡已經愈來愈遠，但她的文字卻離我愈來愈近。

特魯維爾黑岩區的孤寂

火車站，夏日假期改變了巴黎各個火車站的空間密度與音量韻律，人群似漁汛湧來，聲量如浹渫襲至。八月，車站人聲鼎沸，聲音烹煮成瀝青般的溫度，足以融解危脆的兩片耳膜。收假前一、兩週的車站和遊玩空間溢滿如火苗在燃燒最末的最大火勢，那種亟欲吸入氧氣和易燃物的火總是竄得老高然後消殞於無形。我可以想像假期結束的車站空蕩蕩的。

我在車站裡觀望一巡，整體了無台灣式的那種推擠吵擾，即使身處這樣高人潮的密度裡，猶仍可覓得一隅之湛靜。上午八點半在聖拉查車站（Gare Saint-Lazare）買票到特魯維爾，怕法語發音不標準，於是邊說著邊遞給售票員一張寫著Trouville的字條，售票員已經在鍵盤敲好字，頭略往前移地看著我寫的紙條，對我抿嘴一笑，點點頭。旋即告訴他我要搭末班車從特魯維爾回巴黎，末班車是傍晚六點多，再好不過。憑弔莒哈絲故居，閒走海邊，遊蕩小鎮，七八個鐘頭足矣。

哇啦，他邊遞票過來邊問著我從哪裡來。這問題在旅途不知要回答多少回地讓人厭倦。好了，拿到票了，可以在車站靜靜等著吵吵的火車入站。

巴黎的幾個車站總是有著挑高的天花板，像是里昂車站的大廳就頗有歐洲車站的離鄉返鄉氛圍。天光射進屋內映上了斜斜交織的線條。離發車時間十點還有一個多小時，先四處繞著，書報攤雜誌無數，買了本《ELLE》（她），在咖啡座吃早點，打發時間。

在咬下可頌麵包的那會兒，突然想起義大利友人卡塔伊・史瓦諾，曾經和這個義大利雕塑家一起相約在此，搭上火車通往畫家莫內的故居。因爲某些因素已經和史瓦諾不聯絡了，不聯絡意味著自此天涯海角。

可爲什麼會突然天涯海角，我想起是因爲自己，我常常揮劍自戕感情線，似乎總是不耐一些蕪雜的人事。但我想起史瓦諾，心存一種感激。最早來巴黎時，我對巴黎完全陌生，全靠他的協助，就是我認識姬兒旦也是因爲他，後來未料我和姬兒旦反成了好友。後來才聽說當時他坐夜車來巴黎會我時，身上沒錢還用借的，是因爲我才來巴黎。那一回的巴黎行，我常常給他壞臉色，特別是我想寫東西獨處時。我這個人無法和他人在一個空間相處過久，過久底層的脾性缺失與陰暗全跑出來，且強烈渴望獨處。是寫作讓人孤僻，也是孤僻讓我寫作。

記得他第一次見我時，聽人介紹我是作家且兼爲藝術家雜誌寫稿時，他還不信，他有回向我說第一次見到我時還以爲是在「night club」上班，我聽了好玩又好笑，對於「他者」眼光的誤謬所形成的自我形象斷裂與移位。確實如此，我外在的輪廓與亮有一種喧鬧感，我一向知道，但也清楚知悉和內在的清寂僻靜完全搭不上邊，精神和肉體有時可以因爲故意爲之而分裂。

莒哈絲曾說：「我認爲一個形單影隻的人已經患上了瘋病，因爲沒有任何東西能使他不自言自語。」

自言自語，寫作者的深度特質，唯寫作者不沉默之處。

「男人無法忍受一個寫作的女人。對男人而言，那有些殘酷。對所有男人都很困難。」莒哈絲的親身體驗。男人無法忍受一個寫作的女人，我知道這裡寫作的女人可不是指那種泛泛之輩的寫作者。

諾弗勒城堡街景，框住莒哈絲身影。

眞正面對內在的寫作者是無法把自己切割給他者的，是因爲寫作的狀態是深沉地進入到完全的個我，這個部分男人是無法接受的，因爲男人會深切感到自己被退位且無關緊要起來。

我在咖啡座想了半天，因爲莒哈絲而歸納出自己無法忍受某些男人，某些男人亦無法接受我的關鍵之所在。

廣播聲響，火車入站了，買了《她》結果卻只是潦草翻翻，整個咖啡座裡回望的還是自己的身影。把《她》放入包包，離座。隔鄰的巴黎男子在我起身時向我索根菸，巴黎人邂逅最簡便的方式。對方在點火中若看上了多說幾句且意圖留電話；看上眼但話不投機者便點完火說聲「Merci」，瀟灑地揮手走人。男女皆可進行的遊戲。只是這類戲碼見多了，實在不具撩撥能力。

男子拿了一根菸後也起了身，車站禁菸，他抓著菸在指尖摩挲，續說：「妳的長髮很美，我喜歡。」我目光冷淡，心想可我不喜歡你的禿頭。見我沒表情，他的背影方彎進電梯出口，該是去外面抽菸解癮。

輕瞟了他的背影一眼，我外在冷淡實則內裡是驚濤駭浪。

時光殘酷，愛情暴烈，心情易變。我無法信任時光與託孤愛情，當然就更無法接受淡薄如香氣飄過的邂逅之讚美。

我只能移往莒哈絲的閱讀世界，游移在書寫的海洋與板塊間，在孤獨中尋找孤獨。有人對決有人沉默，而我的身體選擇沉默，我的書寫選擇對決。親愛的你可知道，這種沉默是怎麼一回事？旅途裡，我想彼此撕裂的傷口實在不宜掀開來看，血水膿瘡不忍卒睹。只要再多說一句再多看一眼，都可能劈死我的孤獨之身。

放棄你（無數個你）或放棄純粹狀態的寫作；這等同於死亡或出書的比擬，我毋須衡量。因爲書寫的凝視與內化，痛苦的海洋於是有了港灣的懷抱，痛苦因之堪可忍受，痛之爲痛也就值得。

沒有行李，只有一個小包包跟在身，從六月至今這趟旅途裡我已不愼丟失了太多東西，這回沒有東西可丟與能夠再被遺失些什麼了，除了我那過時的愛情與不堪的記憶外。

在月台的機器票口伸入手中的票，打了洞，於是我有了一張機器驗過的票。車站的氣味，飽滿的鄉愁像面鏡子，照映出我這個浮雲遊子驛動的心與滄桑的臉孔，只有我得見這面映滿鄉愁的鏡子，無數個我之慾望底層交織成的一面浮華鏡。

抵達特魯維爾

終點站。特魯維爾。

一路風光無特殊之處，綠樹紅瓦白牆，偶有小河穿梭，浮雲倒影掠過眼簾。之間移動過一次，從吸菸區換到無吸菸區，封閉空間我並不愛吸菸從巴黎至此，費時約兩個半小時吧，我已忘了，無關緊要的半小時差距與否。

靠海的小城，微風淅淅，夾雜我熟悉的一種海味，微微的孤獨有一種涼涼之感。很快地便來到了小城的河流，上橋在河之中心回望兩岸一晌，再緩緩步下拱形的橋。橋下左方攤販聚集，魚市的新鮮漁獲在河邊卸貨進貨，法語的叫賣聲聽起來少了莒哈絲筆下之感官情調，法語似乎不適合叫喊，它適合喃喃自語或喋喋不休的纏綿。

再穿過賣著編織草帽和起司攤雜貨攤食物攤後，來到市集角落有一區有少數幾個黑人販售印度編織背包的攤位，貨品倒是可以瞧瞧。十歐元一只書包型編織包，有一種波西米亞風。這幾年巴黎小姑娘特愛的東方打扮。莒哈絲曾寫過導過《印度之歌》，她曾在一九七五年拍攝《在荒蕪的加爾各答她名叫威尼斯》的怪片名電影，在怪中又有一種如詩意的慾望隱含其中。在望著印度編織包包的思緒空檔突然又想起了莒哈絲的異國情調。據悉她對印度的印象竟然只是在她十八歲從越南返回法國途中船舶曾行經加爾各答靠岸一天所得來的，她說這樣就夠了，只消看一眼就夠了。

那是何等的一眼，我想著，那一眼已直切事物的深邃核心，否則怎麼能夠隨時在書寫時取之不盡。

夏天的幻覺

「在特魯維爾我牢牢記住了楊・安德烈亞。」莒哈絲說，在這裡他們的愛情絕對是世上絕無僅有的例子，他們彼此拉拔的相處極端與孤獨也是世上僅有的，後來者只能追憶他們的成分與追尋旅途遺址，但無法模仿，無法學習，因爲只能仰望，只能企盼。際遇，是沒有地圖可供前往的，只能聞吸浸淫在其中的空氣裡，任其擺布。

在這所房子裡她的生活有了和以往相同之處，這個房子的這段時間她有個年輕的情人和她在一起，那時的莒哈絲已經要破七十大關之齡了，也許老了使她接受一種和他人生活的可能與漸漸無法回返的依賴感。即使這段時間她並非獨居，但她在談寫作時曾經提到：「我不是一個人，那段時間裡有一個男人和我在一起。可我們相互不說話，因爲我在寫作，應該要避免談書。」

特魯維爾在十九世紀時曾經是巴黎上流社會人士至此的度假區，閉關十五年織就《追憶逝水年華》的普魯斯特故居即在此。此城有大海和一望無際的天空沙灘。街上的房子都極特殊，造型和裝飾多樣，顯現一派富庶。

一路藍天尾隨，藍天在莒哈絲的作品裡是不祥的，夏天是傷心的，「在海邊沉淪的夏天。」在《八〇年夏天》她寫道。

夏天於她是沒有變化的，穩定得讓她感到不適不喜，甚至是厭畏的。

熟悉的，那屬於莒哈絲的獨有之不安腔調如夏蟬般地貫徹耳膜，不對，這裡沒有蟬，莒哈絲是用腹語術與我交談。除了她的影像與文字，我什麼也無法複述和言說。

夏日晴朗的天空切出建築斜斜的大片陰影，三角形錐形多角形。我盡量沿牆的陰影走，我的肌膚在長旅中輕忽過久而呈現黝黑缺水脫皮現象，不堪再遭我虐待。走陰影之地迎面或錯身而過的大都是老者，年輕人都往陽光行，街的另一方是海岸，模糊地傳來陣陣的浪潮與人潮音。從哈佛港吹來的海風有一種悠閒的況味。

一棟巨大如飯店的建築在前，入口掛著「Roches Noire」字樣，黑岩區，並寫著字樣，法國許多大型建築物都如此稱呼，但和旅館無關，巴黎市政廳也是稱爲「Hôtel de Ville」。

莒哈絲故居在望，不覺心跳似乎加速。慢走至建築的最右方邊緣處，抬頭見一刻鏤著字體的方形大理石紀念碑，金色凹陷的字明白指出瑪格麗特．莒哈絲住於此，生於一九一四年卒於一九九六年。

我在此凝視頗久，但未見他人和我一樣駐足。有的開著快速的車，有的騎著慢速的腳踏車，有的拿著游泳圈行過，有的推著嬰兒車走過，有的情侶談笑而過，有的緩緩踱步……總之沒有人在此停步的，只有陰影行過遮了些陽光。

似乎沒有人要特別來憑弔莒哈絲。何況在這樣的夏日假期，在這樣明豔豔的海邊，不適合來探望莒哈絲的前靈。

然而，我知道，烏雲很快地就會來到生命的上空。我知道，烏雲從來不會在生命裡缺席的，所以陽光來時要歡樂，巴黎人深諳此道。我這個外來者才合宜憑弔。

我一身黑褲黑T恤，行在穿著比基尼女郎和肌肉飽滿的沙灘，是個不討喜且怪異的角色，我知道，但我無心下水，無心遊嬉。我走海岸，只是爲了從沙灘回望這間曾經住過普魯斯特和莒哈絲的居所，鐵條式鏤空花邊的陽台，有著磚紅赭色的石牆。上個世紀的上流社會女人撐著蕾絲白陽傘行過海邊，紳士白西裝白褲白帽，繫著蝴蝶結，留下鶯鶯款款的聲浪與其身影都無法勾動我。

在特魯維爾，莒哈絲遇到了年輕的最後情人。

只有莒哈絲一個人在這棟居所的屋內看向海岸的背吸引我的目光。許多人在看我，奇怪的我，不玩水不看海卻不斷地往海的另一個方向看，且只朝著邊間的某戶窗口梭巡。

在黑岩區這棟建築裡，莒哈絲和其最後一個年輕的情人在一九八〇年在此相遇，之後度過近十六年的哀歡與共，在未遇這末代年輕情人之前，莒哈絲已經在此度過了許多許多年，其愛情海顛簸一如眼前之浪濤。在此，她曾和少年時期的兒子戲水，玩沙……之後，很快地，兒子大了，她遲暮了。在之後，兒子中年了，她老了。在之後的之後，兒子也老了，她更老了。老到一種底層，就沒有別的敘述了，除了老還是老。

乾枯乾癟都不適用於她，因為她還是活得很有毅力且還是很絕對，絲毫沒有妥協。當她在寫作時，她有如新生，且飽滿如十八歲。

這間房子和巴黎的套間以及諾弗勒城堡的獨棟房子完全不同，這裡因為有海而顯得遼闊至一種世界盡頭的況味。三個居所給予莒哈絲生命與個性的典型照映，巴黎居所是她熱愛浮華世界與時尚名利的展場，諾弗勒城堡的獨棟格局與鄉間之庶民氣息則給予她回歸書寫的底層與孤獨本質，黑岩區的靠海居所則具有一種逃避與眺望遠方的心靈慰藉，她常常就這樣地望著大海，遙想曾經十八歲前發生在東方太平洋的人性對立與黑暗皺摺。

十八歲前發生的事就足以讓她寫到八十歲。十八歲之前的事都為了成就之後的寫作養分，十八歲前的事已是她一生的主旋律和所有的回顧，往後的際遇都只是補述，都只是複述，都只是插曲；任何的發生都同樣只是指向一個方向：寫作，而寫作也同樣只引發一件事，內在的孤獨與外在的煽動。

寫愛情的死屍

黑岩區，我一個人，我在此，我眞的在此，我如夢般地杵在光影中，我飛越千里，千里迢迢赴此，親眼看到這棟房子孤立在我眼前，我的眼睛如鏡頭般地Zoom進這棟建築的某一層樓的某一個邊間的某個長書桌，Zoom進某一個長窗窗簾和邊緣的陽台。

一個矮小的女人手撐在陽台的欄杆上，欄杆有著鐵鏤式精美雕花線條，窗戶是兩片式往外推，白色的框，框上的樑柱有著羅馬式繁複古典的雕刻線條。莒哈絲的照片，渺小地站在這棟建築半全景的某個陽台上，因爲是遠鏡頭，還可以見到海，浪大，一波一波地圈在海上如一串串的白珍珠灰珍珠。

莒哈絲在此拍的照片其中有一張最爲我喜歡，那是一張背光的照片，海邊的陽光強烈，她的身體成了剪影，雙手搭在拱形式的窗戶木條上，陽台的光斜射一角在屋內的牆上，像一艘倒立的帆船。莒哈絲看著前方的戲潮人，她一身黑影地在背光的屋內，屋內融在黑缸裡，飽和的黑色，那樣的黑暗卻是寫作者浸淫的內心基調，那是眞正的寫作者必然需進入且穿過的黑暗隧道。

在《情人》電影結尾的最後一幕即有這個空間的氣氛，寫作者埋首在長桌前，黑暗中桌前的檯燈是唯一的光源，厚窗簾旁是書架，滿滿的書。在莒哈絲留下的照片裡，有一張唯一她站著近距離面對鏡頭的畫面，在這一張照片可以清楚見到空間除了書房之外的擺設，花布的沙發，黑色大理石圓桌，一些看不清內容的掛圖。相較於諾弗勒的鄉間氣息擺設，這裡顯得豪華多了，有一種中產階級的況味。

莒哈絲多次在此建築與建築四周的海灘邊拍片，因而可以見到內部的陳設，特別是客廳。大理石地板似乎鋪有大張的波斯地毯，仿骨董木櫃上擺有花瓶和檯燈等。這棟建築的公共大廳也被用來當作拍片現場，地板是黑白米三色相間的大理石材質，圓形巨柱與石灰牆面，懸掛大鏡子與繪有油壁畫等。

我注意到每一張照片裡的花瓶內所插之花不是已呈乾燥現象要不就是半殘之姿。常見她案上插的花是一大把的「瑪格麗特」，或許這是來訪的友人因爲她的名字和這種花名相同而送她的吧。瑪格麗特，這種花是白色的，記得人們說是告別之花，擺在案上，在寫作者的書寫面前，讓我有一種記憶的告別，就如莒哈絲說的：

「人們總是在寫世界的死屍，同樣，總是在寫愛情的死屍。」

呈乾屍狀的花充斥在莒哈絲寫作的空間裡，這樣的對應有一種可堪玩味，比之於一片花團錦簇的環境更符合寫作者漫漫長夜的孤境。

哈佛港的海洋之夜

床呢？

還沒成爲作家之前的莒哈絲盡情地在床上和情人享受一切的性愛，雖然悲傷溢滿整個空氣，雖然常有致命的沮喪突然來襲，但那床是一種解放的意味。

當了作家之後的莒哈絲，床雖然也是性愛之所，但卻泰半時候都是一種難眠狀態，因爲寫作的思緒總是一時還無法消泯，總還在左右著睡神。

然作家即使再埋首紙堆即使再弔往悼故，合上紙筆關上電腦也得回到現實。屬於莒哈絲的現實是夜深人靜回到床上，床上，沒有溫柔鄉，只有滿懷的絕望，她飲下威士忌酒，酒瞬間溫熱了身與麻痺了心。她的床在照片中顯影出來的是一種絲質般的綢亮，且是帶些紅色澤的緞面。有兩張照片拍過她的床，有一張她是應女性雜誌社拍的，她橫躺其上，穿著招牌套頭黑毛衣和戴著招牌黑眼鏡，讀著書報。有一張應是她昏迷好幾個月後大病初癒所拍，她在其臥房的書桌看稿，床在其旁，鋪著淡紅色的布巾，床上仍散落著紙張，那樣堅毅的神色實在令人肅然起敬。

莒哈絲在此寫了《羅兒・范・史坦因的狂迷》，這部小說情節簡單卻詭譎，說的是愛情相遇足以拋棄原有的魔魅效應。哈佛港的海洋在夜裡如黑墨染缸，也許這樣的黑水見久了，在此莒哈絲以潮騷以夜慾沾墨寫下了這本散發獨特氣味的小說，死亡與慾望纏繞不休的愛情際遇。

在這棟建築裡莒哈絲的生活和以往的不同是在此她曾經拍過許多部影片，在建築物裡她拍了《大西洋的男人》、《阿加莎》；在海灘上，她拍了《恆河的女人》，並在靠近諾曼第的周邊為影片《愛蜜莉L.》取景。

我不屬於任何地方

我不屬於任何地方，我也沒有名字。我複述妳，在妳的靈魂故居，和妳眺望同一片海洋。這片海洋之所以

NTE
LAURE ADLER
Marguerite
Duras
folio
BOGART · BERGMAN · HENREID
WARNER BROS.
Casablanca
Marguerite
Duras

迷人是因爲妳和普魯斯特都曾經日夜地望著它。這棟建築之所以可堪讓我一看再看，都是因爲妳，妳的文字，妳的生活。那股彷彿從海洋黑心深處所散發出來的激情與絕情一再讓人反芻咀嚼，直到破碎。

夏日海灘是一種海市蜃樓般的幻覺，陽光像玻璃帷幕，人們在潮浪之間跳躍喧囂，對生活明顯的好感在此表露無遺，法國雖宜玩宜居，但是對於我這樣的他鄉者，對於幸福是不會有眞切感的。

瞬間，太陽好烈，可我好冷。我需要威士忌驅走內心的寒冷與絕望感。

我需要愛。

我需要慰藉。於是我在沙灘的陰影處，拿出紙和筆，快速描繪海天一色。

陰影很快地移到了頭頂，攤開一張空白的紙，即是漫漫長夜。寫作者的漫漫長夜。

紙筆之外，眼前的世界天光還大亮著，亮到沒有立體感的空空茫茫。

我身在這樣的世界，一個沒有立體感的島國品味，少數人堅持過一種精神飽滿的理想國世界，就是沉淪也要個人極致的少數人在堅持著自身的價值體系。我，眞願意身在法國，不因爲美食，不因爲風景，不因爲衣服好看，不因爲有廉價的葡萄美酒可喝，不因爲男人女人好看，而是因爲作家至少可以成爲作家，作家之名不會被濫用到沒有品味可言的悲慘境地。華文作家的弱勢已毋庸自白，若是台灣有人同等寫出《情人》這樣的小說，也難以造成世界性的席捲風潮。

我羨慕妳，莒哈絲，身在法國，妳成爲妳，誰能想像如果十八歲的妳沒有返回法國，妳究竟會命運如何？成爲越南新娘，哈，對不起，這簡直是侮辱妳了。在台灣，妳的作風如此受爭議也鐵定要被打入烈女與豪放女之不解命運。

在法國的好處除了讓妳的爭議更豐富創作的神祕外，也讓妳很快地取得世界性的勝利與源源不斷的讀者群。但不論如何，我續想，對於命運妳絕對有辦法成爲妳自己的，不論身處何處，我是這麼地想，也這麼地鼓舞自己。

這是妳讓我景仰的強大能量。

莒哈絲海岸

Duras是個地名，莒哈絲根據這個地名竟把父親的姓氏給更換了。

莒哈絲在一九四〇年（二十六歲）時寫了她的第一本創作《塔那朗一家》，當時她還沒更改父姓，她仍用著父姓多納迪奧Donnadieu，《塔那朗一家》就像許多作家的第一本小說之不幸遭遇一樣，竟遭到伽利瑪出版社的拒絕。這事情過了三年，她才開始用「莒哈絲」的筆名發表《無恥之徒》。

名字還是沿用父親取的名：瑪格麗特Marguerite，也許因爲這個名字的意涵是和純潔及死亡有關才讓她沿用的。瑪格麗特也讓我想起法國沉淪派詩人代表波特萊爾的《惡之華》一書裡的〈秋的十四行詩〉末尾：「罪惡、恐怖和瘋狂！——蒼白的雛菊！跟我一樣，妳不也是秋天的陽光，哦！如此純白冰冷的我的瑪格麗特？」

瑪格麗特Marguerite和雛菊marguerite，是相同字，所以也是雙關語。在詞源上又有皆爲「珍珠」之意。

瑪格麗特，一種小小的白色雛菊花，以前有人送過我這款白花，要一大把一大把的才好看。

照片也顯示過在莒哈絲的書桌上常見到白色的小雛菊花。

莒哈絲，這個人已魂埋蒙帕那斯；莒哈絲，這個地方究竟在哪裡呢？

我搭了法國友人朱利安的休旅車來到位在巴黎南方的這個地方，朱利安正要來接他至此附近度假的小孩回返巴黎。因爲我好奇莒哈絲之故，他特地爲我繞到這個和莒哈絲同樣地名之處。莒哈絲離法國出產酒聞名的波爾多不遠，靠近海岸。

這種在現場的感覺很詭異，突然就看到了公路上的指標寫著Duras，突然就看到了下車的小超商店裡的架上賣著貼著Duras標籤的紅白葡萄酒。

原來莒哈絲這個地方靠近海岸，稱莒哈絲海岸，評論者說起「莒哈絲海岸」有雙關語之妙，一來明指莒哈絲取名來自這個地方，二來暗喻莒哈絲的寫作有如海岸之一波一波地打上文壇。

莒哈絲海岸是產白葡萄酒之鄉，靠近洛特——加隆省的帕爾達揚地區。當我來到此地時，才發現這裡的街道有一處即標誌著「作家瑪格麗特·莒哈絲1914—1996」，並寫上她出生的原來姓氏爲Donnadieu。作家在法文裡爲Écrivain。

這裡出產葡萄、菸草和李子等，它是莒哈絲父親的家鄉。這樣子我就明瞭了莒哈絲選這個地名的意涵了，原來這是他父親的家鄉，她的選擇其實是有深意的，她通過這個筆名和父親的出生地做了精神的聯通，通過筆名她回到她在四歲之後就不曾有過的父親懷抱，她以莒哈絲之名回返父親的故里。

父親在莒哈絲的作品裡是常常隱晦的微渺角色，父親的身影不是離開家就是不在場，三言兩語或者是被她的筆排除在外。父親形象總是匱乏或是軟弱無力，委靡不振。

莒哈絲在面對採訪時曾說：「我父親死的時候我年紀還很小，當時我的情緒沒有絲毫的波動，一點也不悲傷，沒有眼淚，沒有疑惑……幾年後我的狗死了……我非常傷心。我第一次這樣地難過。」這樣的情緒與喪父的角色竟被狗替代了。一九六二年她寫《安代瑪斯先生的午後》，曾象徵性地以安代瑪斯先生在等待女兒爲一種隱喻。

莒哈絲在《安代瑪斯先生的午後》發表後卻一再把對父親的感情說成無關緊要的事，再三說她不曾因爲沒有父親而痛苦過。「我沒有父親……我有父親的時間很少……且也夠長久了。」見克莉絲蒂安娜·布洛—拉巴雷爾所寫的《莒哈絲傳》，而這一段話拉巴雷爾則引述自莒哈絲和戈蒂埃對談的《能說善道的女人》。

之後，我們驅車至其父親家鄉的故居。在朱利安的協助詢問與打聽下，我們找到了其父親住過的老房子。那房子如今已掩在一片荒煙蔓草當中，鄰近樹木蓊鬱，蔓生的爬牆草爬上了老房子的灰白牆上，木窗掉了一半，一派傾頹。

我來到了莒哈絲的父親出生地：Duras，彷彿我在召喚她的魂魄……

當地人告訴我們，莒哈絲曾經在一九六五年重返父親出生的故居，但這房子已在一九五三年左右傾毀了，當時莒哈絲有想要買下這棟房子的打算，後來因爲缺少金錢而作罷。

目前這房子仍然空空地任時光與自然因素毀壞著，然在這所房子的公路前方仍大大地寫著Duras的白底紅字的指標，指標上有個黃色的小標寫著D237。

當地人又說，其實莒哈絲改掉父姓，不只是因爲這個姓氏太過於天主教意涵，問題要回到爲什麼是一九四三年才改名的關鍵時刻。當地的莒哈絲迷他們告訴我，因爲一九四三的前一年莒哈絲的生命發生了幾個重要的深度挫傷，她的小孩才出生未久即夭折，她深愛一世的二哥得支氣管炎在異鄉過世，她認識了婚姻之外的情人馬斯科洛，她加入共產黨（一九五〇年被開除黨籍）。一切的一切發生，都讓她無法相信神，無法接受天主。

同時改姓氏意味著和過去的痛苦記憶做一個切斷，但又不能完全無厘頭的切斷，所以她又巧妙地選擇父親出生的故居地名來作爲新的姓氏，不論切斷或銜接二者竟皆能融合爲一體，莒哈絲的聰明可在此顯現一斑。最後，她還是以父之名，揚名於全世界。

我和朱利安邊喝著一九九八年出產的CÔTES DE DURAS紅葡萄酒，邊和當地人在館子聊天。當地人且指引我們去拜訪了莒哈絲酒莊，和莒哈絲城堡（Château de Duras），中古世紀的城堡裡有關於莒哈絲地區的歷史解說，建築歷史和文物收藏品。

突然，莒哈絲變得如此的世俗，又是酒莊又是城堡。

喝著莒哈絲葡萄酒，向酷愛喝酒的她之靈魂致敬。

我，以莒哈絲敬莒哈絲，以酒靈見酒魂，以文者見文者，如是心情與祭儀，眞是讓我的我寫作，我生活。我旅行，我觀看。旅程充滿了弔唁與感動。

06 作品的力量

作品是作家的唯一認證

「心中得了痲瘋病。」一個深度的寫作者，才能讓臉部的皺紋如此美麗，一個寫作者，才能讓矮小的個子展現如巨人。莒哈絲的美，來自能量的散發，她的美不是給普通人看的。

瘦小的她，是女王。一個即使絕望也要寫作的女王。書寫是她的獨特告白，離開寫作的那種孤獨，作品就不會誕生了。

她寫作的流動與韻律，感官與情調，十分讓我著迷。莒哈絲內心世界有如一面明鏡，她就像一艘滿載著慾望的誘惑在夜間航行的幽靈之船，讓我們跟著沉淪也跟著昇華，隨她走進了孤獨，卻也驅走了寂寞，她的奇異魅力會撫慰我們。

她說：「寫作的人永遠應該和周圍的人隔離。這是一種孤獨。作者的孤獨，作品的孤獨。一開始，你會納悶周圍的寂靜是怎麼回事。」

我在房屋裡每走一步幾乎都覺得幽魂處處。

作品是唯一的認證，之於藝術家。

餘皆是生活，流言，傳說與事件，傳說虛幻膨脹，事件則如雲煙。即便生前再精采，故事再動人，都將煙消雲散。沒有作品的紀錄，傳說與事件無法輔佐作品的存在。

或充其量只能變成「名人軼事」的層次，無關藝術，只因歷史。

事件之被再度述說，無非是爲了印證作品創作過程的變數，如果作品不被藝術家創作出來，那就是再驚天動地的事件之舉也將流於一時的喧譁，價值在事後將泯滅於流光而成幻影。唯有作品的遺世，一切的事件或是生活風格與品味，才有再度被述說之值。

沒有作品，事件就只是新聞；沒有作品，愛情就和任何一段鴛鴦蝴蝶故事一般庸俗；沒有作品，痛苦就只是必然的空苦一場。

沒有作品，這一切的發生就不會讓我著迷，我要以藝術作品作爲創作者生命最後的認證，缺乏這樣的認證，創作者就不能僭越這個稱號了。

創作者不論自身對自己的評價，與自身是如何地了結自己的生命，但無論如何，在生命還一息尚存時猶仍在各式各樣的歷程裡，不論悲喜不論哀歡的流動裡，去感知和提煉作品，這才是人生最後的謝幕。

差別只是每個人在生命舞台謝幕的方式不同而已。

作品是創作者最後在人生舞台的謝幕，是肉軀灰飛煙滅後的永恆舍利之光，也是我眼光定格之處。

作品穿過一切的一切。

Stein, elle décide que *« son vrai nom, c'est elle qui se le donne »*. Elle aime les noms qui disent une *« musica »*, un mystère, quelque chose de fatal, l'exilée, la juive, la femme sur la plage, la lolita trahie un soir de bal : Lola Valérie Stein, Anne-Marie Stretter, Aurélia Steiner, Vera Baxter. Le sien, elle l'emprunte à un chef-lieu de canton du Lot-et-Garonne : c'est le pays de son père, un prof de maths, qui meurt quand elle a 4 ans. Duras a toujours voulu chanter la mémoire. Elle a horreur de l'oubli.

Elle est née *« nulle part »*, près de Saigon, ça ne la quittera jamais. Appartenance indicible à la terre des mangues, au fleuve peuplé de jonques. Elle se sent plus vietnamienne que française. [...] que cela va la poursuivre, l'enfance, interminablement ? L'histoire de sa mère, institutrice d'école indigène, qui joue du piano à l'Eden-Cinéma le soir pour boucler ses fins de mois. Qui, pour sauver sa famille de la misère, achète une concession au bord du Mékong et lutte, trimardeuse des rizières, pour faire barrage contre le Pacifique, qui envahit régulièrement ses terres, incultivables.

Marie Donnadieu, c'est *« la saleté, ma mère, mon amour »* : c'est comme cela que Marguerite l'appelle quand elle la hait et l'adore, car elle l'admire, des journées entières dans les arbres, et la vomit. La mère a un amour exclusif pour son fils aîné, le fils dévoyé qui lui vole ses bijoux, le maléfique : plus tard, ils seront enterrés tous les deux dans le même caveau.

Pour elle, sa vie était « ce film mal doublé, mal monté, mal interprété, une erreur, en somme ».

Bibliographie sélective

Un barrage contre le Pacifique (1950). *Le Marin de Gibraltar* (1952). *Moderato cantabile* (1958). *L'Après-midi de monsieur Andesmas* (1962). *Le Ravissement de Lol V. Stein* (1964). *Le Vice-consul* (1965). *Détruire dit-elle* (1969). *Les Yeux verts* (1980). *Outside* (1981). *L'Amant* (1984). *La Douleur* (1985). *La Pluie d'été* (1990).

[...] *chément à passer à l'action »*). Ses cris d'indignation, ses phrases hachées, tendues, ses dialogues syncopés, récitatifs, sa composition musicale, ses mots litanie, sa *« manière de capturer le silence pour le rapporter, intégral, dans le texte »* (3), cette façon de s'imposer en *« précieuse de l'ascèse, de la minceur, de l'ellipse et du murmure »* (4), ce *« passage du naturel bouleversant au charabia cérémonieux »* (5), ce talent à transmuer le maniérisme en pathétique, à faire sans cesse de nouveaux livres avec d'anciens, l'ont rendue immortelle. Elle est aisément pastichable : c'est la marque des grands écrivains. Elle est surtout indomptable. Affiliée un temps au Nouveau Roman, elle s'en échappe : *« Le Nouveau Roman est perclus de consignes, alors que la seule consigne d'un écrivain serait de n'en avoir aucune. Aucune autre que la sienne. »*

Parfois surévaluée, de plus en plus inspirée par sa *« glorieuse gourmandise narcissique »* (5), elle va écrire jusqu'au bout, puisque son écriture lui colle au corps et l'aide à ne pas devenir folle. Même lorsque l'alcool l'aura fait séjourner dans le coma. L'état second, alarmant, dans lequel elle se trouve alors lui fait visualiser des images de viol. Son récit est diffus, ambigu. Elle exhume l'image de son propre corps de vieille dame malade, ficelé aux mains et aux jambes par un étranger aidé d'infirmières. Et ce qu'elle entend, ce [...]

Chandail sombre, jupe pied-de-poule, verres [...] myope, visage dévasté, gnome et gremlin, [...] clame que ses livres sont *« inévitables »*, qu'[...] est *« mondiale »*. Mégalomane, mais toujo[...] interpellée par tout ce que son siècle brasse d'é[...] nements et de faits divers, « Marguerite Durasoi[...] a des phrases définitives sur tout. Oracle, pyth[...] sorcière, elle profère, donne des leçons. Elle [...] instit à son tour, et chroniqueuse judiciaire, d[...] tribue des bons points à Lech Walesa, Jacqu[...] Tati, Jean-Luc Godard, Michel Platini, et don[...] son sentiment sur l'affaire Gregory : coupab[...] la mère de l'enfant, mais *« sublime, forcéme[...] sublime Christine V. »*

Elle a toujours aimé les prostituées, les fous, [...] criminels. Donner aux femmes des noms de ma[...] cule, comme dans les camps de concentratio[...] (Emily L.). Redonner espoir aux humbles, me[...] diants, femmes tondues, amantes en quête d'[...] éblouissement dans leurs yeux... *« Quelqu'un q[...] n'est pas du tout perdu, c'est épouvantable. »* ●

Jean-Luc Dou[...]

(1) *Le Magazine littéraire*, juin 1990.
(2) *Marguerite Duras*, Les contemporains/Seuil n° 14.
(3) Alain Vircondelet dans *Pour Duras*, éd. Calmann-Lévy.
(4) Jean-François Josselin.
(5) Claude Roy.

À paraître : les Œuvres complètes littéraires et journalistique[s] de Duras en deux volumes chez Quarto-Gallimard (parution [...] mai). Et *La Mer écrite*, texte de Duras, photographies d'Hélè[ne] Bamberger, aux éditions Marval (parution le 15 mars).

Marguerite Duras
Le mot "fin"
...ots à elle...

Par Pierre Bénichou

« **T***u me tues, tu me fais du bien.* » Elle répète cent fois la phrase en appuyant sur le mot *fais* et franchement, on n'en peut plus de cette voix incantatoire qui, de sa chambre où elle enregistre sur un magnétophone le dialogue d'« Hiroshima », nous parvient, toutes portes fermées, jusqu'au petit salon où nous jouons aux cartes. C'était cela, Marguerite Duras, en 1959, rue Saint-Benoît : une femme avec cinq hommes dans la pièce à côté, qui cherche devant son Nagra l'intonation reprise plus tard, au souffle près, par l'héroïne d'« Hiroshima mon amour ». On l'aime pour mille raisons, mais pour le film on craint le pire. Elle en fait trop, comme toujours. Resnais lui a demandé une histoire sur fond d'horreur nucléaire et elle écrit l'hymne à l'amour. Personne ne sait encore qu'elle est Piaf. Même petit oiseau noir, même malheur, même stridence, même [...] d'un corps trop frêle, même impudeur – Piaf avait répon[du à] quelqu'un qui lui reprochait de mal choisir ses trop nomb[reux] amants : *« On n'est pas responsable de son physique ! »* D[...] aussi aurait pu le dire... –, même volonté de puissance, [...] pitié.

Même génie ? Piaf haussait les épaules devant ce mot. [...] Duras. Un jour, après son Goncourt, je lui ai [...] *« Maintenant que tu as un succès mondial... »* Elle m'a co[...] *« Pas mondial, cosmique. »* J'ai dit en riant que si [...] continuait, j'allais laisser cette phrase dans l'entretien [...] « l'Obs ». Elle : *« Tu peux, c'est la vérité. »* Je l'ai supprimé[e...] la rétablis aujourd'hui, parce que, morte, elle échappe e[...] tous les ricaneurs. Elle était démesurée, dans ses jugem[ents] sur elle-même comme sur les autres, dans ses haines, dan[s ses] amours, dans ses trucages, et seule la postérité sau[ra la] prendre comme elle était. C'est-à-dire comme ce mens[onge] qui dit toujours la vérité dont parle Cocteau.

Elle a passé sa vie à se cogner aux vitres. Ses petits ca[...] couverts de pattes de mouche ne racontent rien d'autre[...] ses télescopages avec le monde réel. Sa phrase est touj[ours] trop courte ou trop longue, comme si les mots lui éta[ient] imposés, comme si sa fameuse musique, au fond, n[e lui] plaisait guère. Elle dit : *« C'est Duras. »* Et elle jouit de [...] embarras devant une telle prétention. Queneau qui l'[a] découverte avec « Un barrage contre le Pacifique » vo[ulait] faire d'elle un romancier à l'américaine, une sorte de Faul[kner] indochinois, et raturait ses manuscrits. *« Trop féminin... »* [...] qu'il se gourait, fillette...

C'était les années 50. L'ombre de Sartre-Beauvoir-Ca[mus] occupait l'horizon, de Saint-Germain-des-Prés jusqu'à l'o[...] Pacifique. Elle choisit donc le communisme, le Nou[veau] Roman et la porte étroite des Éditions de Minuit. [...] malentendu allait naître le grand écrivain populaire le[...] atypique du siècle. Un peu comme Prévert ave[c les] surréalistes.

La voix de Marguerite. Sa voix d'étranglée. Ses fous [...] Son goût pour les blagues idiotes. Ses colères. Ses larm[es...] *« J'étais enfant, il y a eu des malheurs dans ma famille, très g[...] la mort du père y comprise, les terres incultivables, etc. J'ai gr[...] j'ai fait l'université, j'ai eu des amants, j'ai réussi mes examen[s...] écrit, il y a eu la guerre, puis la Libération et, tout d'un coup, [...] suis réveillée et c'était Auschwitz. Sept millions de juifs assas[sinés...] Depuis, quoi que je fasse, je ne suis jamais tout à fait sortie [de ce] territoire-là, celui des juifs, de leur massacre. C'est devenu pou[r...] le malheur de tous. J'étais aux "Crimes hitlériens", au cabi[net de] François Mitterrand, quand il était ministre des An[ciens] Combattants, tout de suite après la guerre, et j'attendais mon [...] déporté, Robert Antelme. J'ai donc tout su très tôt. Oui, c'es[t...] ça, j'ai dormi pendant trente ans, et au bout de trente ans, [je me] suis réveillée devant Auschwitz, et il me semble que j'ai été [...]* (Entretien paru dans « le N. O. » du 14 novembre 1986).

Pour cela aussi, pour cela surtout, j'aimais Marguerite.

Que dire d'autre ? Relisez « la Douleur ». Essayez de r[...] un film oublié, « Une aussi longue absence ».

La seconde vie de Marguerite Duras aura duré cinq[...] ans. Elle a manqué de peu la fin de ce siècle, de cette [...]

莒哈絲的寫作態度與作品

莒哈絲說如果事先知道要寫什麼，那就永遠也寫不出東西了。也就是說她一向不是概念先行的寫作計畫者，「我是從看不到我的故事開始寫我的故事的。」她任記憶漂浮在意識的大海上，進入更晦澀更赤裸的意識之後，她的語言也就更深奧。也有人認爲她的作品接近超現實主義。或者該說是超現實的寫實主義，以寫實爲底，超現實爲表。

她的作品主要都是自傳色彩濃烈的作品，表現了社會之外的另一個底層意識的我。「書就是我。書的唯一主題是寫作。寫作就是我。因此，我就是書。」她揭示了這樣的霸氣與坦然吐露的自信。

評論者提及她的作品風格深具無拘無束之美，而文字特色咸認爲她注重留白，文字和音樂和詩意有深厚的連結關係。莒哈絲自己則說這是「一種流動的文體」。但莒哈絲說她不排斥生活本身，至於出入社交界，她也有過一段相當長的時間，就像她和媒體的親密期一般。

寫作究竟要醞釀很久或是短時間即可爆發產生，大致上每個創作者都不同，且也攸關創作作品時的個人狀態與創作文本有關。這問題就好像藝術創作者究竟是在窮困或在富有時，哪個狀態下創作會比較好？一樣沒有答案。只能說創作作品的好壞與時間與境遇沒有絕對關係。只能說創作者有「那一根筋」最重要，有創作那一根筋的人，無論在哪個時間或在何處都能創作的。

以莒哈絲而言，她是個快手，她喜歡創作相同的主題但以不同的形式對待，總是有一個反覆的主旋律，只是以不同的方式演奏。

喜歡她的人與不喜歡的人是那樣的好惡兩端，一如她的個性分明，沒有妥協之處。

著迷於她的作品與不屑她的作品者也是涇渭分明，護衛其文字領域的人士與非人士，猶如以色列和巴勒斯坦之兩方，隨時都可能迸發激烈對峙。

莒哈絲作爲一個女人，確實讓人又愛又恨，但作爲一個作家，她無疑是個巨大的發光體，就是不抱頭埋首於其文字之癮者，也得逼視她幾眼方休。巨大的發光體自然可以把能量傳給他人，莒哈絲在世的影響力一直到七十歲才擴散，莒哈絲光這一點就是個異數的獨特存在。張愛玲說：「人生是走下坡。」在莒哈絲身上似乎是反其道而行。

莒哈絲的個性陰暗面與表現於外的不平靜之私生活，是她最爲人詬病與好奇之處。但我說過，最後的認證是作品，是藝術。即使他或她在世讓人喜愛或討厭都無損於作品，事件是雲煙，流言如風過。但作品無法改寫，無法撤銷。

就作品而論，莒哈絲是迷人的，就寫作態度來看，莒哈絲那種不顧性命地投入之熱情，在女性世界是極爲稀罕的，稀罕到讓人不得不刮目相看且因之而產生好感。

莒哈絲不僅因爲活到八十二歲所以創作量豐富，更重要是她幾乎沒有停筆過，即使她不長壽也是創作量驚人。她從三十歲開始出書之後，幾乎每一年都有一部作品問世，沒有文字作品時，那必然有戲劇和電影作品，也就是說，她從來沒有停止或懈怠過她對創作的認眞與使命。其晚年，特別是《情人》作品問世所獲得空前絕後之成功後，她還是繼續寫，辭世的前幾年她寫了和《情人》同一個題材但不同敘述和行文方式後，許多文學評論者都說莒哈絲寫太多了，她應該停筆，見好就收。但對於莒哈絲的創作生命而言，她不能荒廢，即使生命已經退化了，作爲一個作家，她得寫，寫到死，甚至死之後。

這樣的個性所產生出來的作品即使不是力道強烈也是非常眞誠之作。

中期莒哈絲的作品《如歌的行板》曾經在法國大賣五十萬冊，但前二十年她出的書賣得都很慘，常常都只是幾百冊，攻擊嘲笑的聲音也常尾隨，然而她還是創作不懈，依然每天寫上至少四五個小時，「當時，我寫書一天工作八小時。」她也未曾因爲市場或發表的顧慮，而在寫作這件事上妥協。「我像野人那樣工作。」她在《卡車》一書裡如此言說。是這樣的態度，她才成爲她，她才能突出於這個已然平庸的世界。

我喜歡的莒哈絲，是因爲她的作品，以及作品產生過程的生命韌度。

我喜歡的莒哈絲，是因爲她的態度，生涯和創作相融相交的原始動力。

在《瑪格麗特・莒哈絲電影作品集》裡有一段話，更是說明了莒哈絲的寫作態度與投入的純粹激情：「『生活是什麼』的意思就是『寫作是什麼』，但這點還不夠。還必須無視於社會習俗，用同樣的激情生活和寫作，走到自我的盡頭，並加大反抗，愛情或絕望的力度。」

莒哈絲曾自嘲寫作是「最差的職業」，是因爲有人說當寫作成爲生活的方式之後，作品很快就會吞噬了生活。寫作如果不是凌駕在生活之上，要不至少是和生活平行的。作家的職業意味著「最爲自由、最容易遺忘、最最偷懶和瘋狂。」爲要確保寫作支配於她的地位，就得排斥其他愛好，例如愛情。寫作對莒哈絲產生異乎尋常的支配作用。

她是那樣強勢，強勢到任何人都不得破壞寫作的完整性。如要進入她的生活領域，那得配合她的寫作。甚至莒哈絲都沒辦法接受生活裡有作家的朋友，她覺得最多只能談談話，不可能進入彼此的寫作領域。晚年的情人楊雖然寫作，但寫的都是莒哈絲和這段愛情，所以似乎他被許可了，何況那麼老的莒哈絲去哪裡找這樣年輕又體貼的完美情人。

受寫作支配的極端性是莒哈絲的特殊，有人說她怎麼能夠創作質量均具，想想她的完全投入即可理解。「我在寫作時會不再維持自己的生命，會忘記吃飯。我在寫《綠眼睛》時就是這樣。」可敬可敬的投入，可嘆可嘆的完整，自我與寫作之間不被切割，埋頭到幾乎不要命的精神幾乎和修行的專注是沒有兩樣的。

能專注到廢寢忘食是一股巨大的能量。她的一生都和寫作這件事緊密相連，她說：「我像野人那樣工作。」何等美麗的野人。

越南——印度支那的童年過往，是後來一切的寫作基石

有時候寫作必須置換童年的場景，比如莒哈絲換過多次童年的場景，從太平洋到西貢、永隆、河內，甚至將童年移到法國、印度，藉由不同的女孩，來拼貼許多的過去。不同的景色其實都是爲了襯映出同一個處境：野性而哀傷的童年。

童年和早年的歲月，幾乎是莒哈絲作品的所有縮影與反覆旋律，熱帶國度如夜霧迷濛地渾凝在她那帶著悲傷魅惑的語言上，讓人讀了又讀，沉浸不已。有時浸淫其中未必瞭然被魅惑勾動了什麼，有時，常常，只是一種迷離之感，像悲傷的淚滴滴落心頭的那張宣紙上，緩緩地，暈開來。

「一個人不會因爲搬家而同自己的童年時代脫離關係。」

「假如我回到越南，我就不可能寫我的童年。」印度支那也就是後來的越南。

殘缺和絕望，死亡和痛苦，是她寫作文本的蜘蛛網。在以印度支那爲背景舞台的小說氛圍裡，一直少不了這些莒哈絲獨有的氣息。

沒有印度支那的破碎與迷離，沒有那樣的母親與家庭，沒有中國情人，就不成爲日後的莒哈絲了。

在《情人》一書裡，莒哈絲開頭未久即說，她要說出一段不爲人知的歲月，若干事實、若干情感、若干事件，都被埋藏在地底下。

莒哈絲說，過去她處在一個她自己不得不擁有高度羞恥心的環境中開始寫作，對許多人來說，寫作是一種

沒有印度支那的支離破碎，沒有那樣的母親與家庭，

沒有中國情人，就不成日後的莒哈絲了。

道德。但是她如今想起來，覺得寫作似乎不再具有任何意義了。

我想這樣的思想啓動她晚年要抖落一切的想法，也爲此《情人》的大膽與細膩讓她贏得了遲來的掌聲。此書成功後，莒哈絲陷入一生空前的成就與名利，然而七年後，她又再次把印度支那的和中國情人的過往主題重寫了一回，原因是中國情人病逝了，她把書名定爲《中國北方來的情人》，主題內容完全相同，唯獨語言更加詭譎奇特，也更簡潔，但也更暴露了。故事後面暴露了她和死去的小哥曾經亂倫地在要離開印度支那的晚上在浴室做愛，而母親就在客廳打著盹。

讀到這裡，簡直起了一身雞皮疙瘩。驚悚刺激的快感滑過我的神經線。

在《情人》一書裡她還企圖不想承認這段愛，只在結尾時她在船上暗夜忽然聽到蕭邦的華爾滋舞曲時她哭了。

但到了後面這本書，她卻一改《情人》版本，在書裡清楚地對中國情人吐出了小說裡、電影裡、生活裡，所有情人們無以迴避的字眼：我愛你。這句話像電擊一般地懾住了中國人的心，他掩住了臉。

在說出「我愛你」之前，莒哈絲還有段露骨的描述：

「我原想還可以和她做愛，可是我已經對她不再有任何慾望了，我已經爲她死掉了。」

沉默。

她說：「這樣也好。」

「沒錯，我再也不受折磨了，妳自己玩，讓我看妳替我做愛。」

她在獨自進行的快感中，她喚著他的名字，拼音而出的陌生名字，她和這個名字做愛，即使她不知道這個名字的意義。李雲泰，雲美嗎？泰是何意？

他望著她替自己完成不可迄及的慾望凌遲，接著他們彼此凝視著，凝視著，凝視到熱淚盈眶，因爲分離在即。

因爲分離，人的渴望參雜無常的苦處。也因這個苦楚而感到生命的幻化與個體相逢的珍惜。往後她的作品涵蓋的主題：愛別離，欲求不得，穿越時空長廊的記憶虛實。

她和這個名字做愛。何等的情慾氛圍。

折磨，情人之間彼此關係高張之後墜入的黑暗深淵。

七十幾歲的高齡還能如此回味初戀，莒哈絲情慾流動的墨水眞是流到斷了氣方止。

關於這個亂倫的揭露，莒哈絲曾在早期的《抵擋太平洋的堤壩》裡提及這個獨特的「小哥哥」，這個形象一如母親貫穿她的許多作品。只是早年莒哈絲的作品還不受重視，爲此她的少女時代的亂倫經歷就被忽略了。

關於莒哈絲，曾活在那麼那麼道德的二十世紀初，她的堅毅與長壽，讓她可以到了晚年述盡所有命運的哀歡與個性陰影的深處。

哀述盡處只餘書寫，爲此痛苦可以超越。

我在廣島讀《廣島之戀》

在廣島的日落旅館裡，我從窗外望見夕照落在和平廣場。

他在我旁邊，我可以聽見濃重的呼吸聲和夏日的汗味。

他說著低沉的日語時，我彷彿看見這座傷害之城的昨日，天空炸下一朵如蘑菇的烏雲，末日的廢墟上，仍有頑強的愛情。我是一枚停止轉動的時鐘，爲莒哈絲來到廣島，停格在她的魅惑語言上，反覆浸淫憂傷，甚且忘了身旁的戀人的存在。

廣島，我的愛，我未來的小說。

談起《廣島之戀》，總是有個身影進來。大學時看亞倫·雷奈執導的《廣島之戀》，那個一起看影片的情人早已遠翳，如今我寫著《廣島之戀》，回味著那影像，而眞實曾經生活過的情人卻已經離開得遠遠的。當時以爲情人具體而眞實，廣島之戀遙遠而模糊，現在卻恰恰相反。

廣島之戀熟悉了，是因爲歷練後的瞭解；過往情人飄忽了，是因爲無緣再敘舊。

莒哈絲在此影片擔任編劇，影片裡的對話，句句可說是文學的文字再現。非常感官呢喃的自我情調，非常扣人心弦，但也因此莒哈絲寫的文字非常難以準確翻譯。有時一句話就可以完全有不同的詮釋。

《廣島之戀》描述了一個法國女子和日本男人在廣島的相戀，她回顧原爆所引起的內在恐懼，藉此敘述一

我喜歡你，真好。我喜歡你。突然又那麼緩
慢。那麼溫柔，你不會明白。——《廣島之戀》

個在灰燼與毀滅中發生的異國愛情故事。

影片裡一開始即吸引我的目光，起先是黑白高對比與粗粒子的影像，肉體在交纏，但一時還嗅不出是什麼姿態，只覺一股纏繞與纏綿在滲透著張力。接著是廣島受難者與原爆照片。莒哈絲寫的女旁白：旅行者痛苦著，除了哭外，他們還能做什麼。

畫面再轉回男女交纏的肉軀。

男旁白：妳在廣島什麼也看不見。

女旁白：我經常爲廣島哭泣。

男旁白：妳沒看見，你什麼也沒看見。

女旁白：我看到了一切……一切。

最著名的對話是：「你在摧毀我，你眞的很棒。」

這句話還有人翻成：「殺了我吧，讓我舒服些。」我看了不覺莞爾一笑。

原文是：「Tu me tues. Tu me fais du bien.」

「很棒」是我在看影片時記下的翻譯，十分直白。

常常語詞視角轉化，常常含糊不清地任意倒裝詞語，只注重語言感官與音節韻味是莒哈絲的基調。簡潔的短句裡，意涵卻深刻至難述。

女人說：「若非一切變得不能再忍受，不要嘗試發掘人生的困難。」
男人說：「妳離開後，我們不會再見面。」

這是因爲，寫作者已經陷入了時間的河流暗影，這樣深沉魔幻的深處。

語言如招人心魂的法術，爲在原爆成灰燼的肉體和爲在愛情下度餘生者超渡。

但在新生前必得先摧毀。

摧毀，反覆出現的字眼。

莒哈絲有一本著作直接把書名定爲《摧毀吧，她說》。

在戰爭下的愛情故事與異國戀情，已注定絕望。快樂的絕望之路。

記憶和遺忘在廣島在戀愛在絕望中衝突再衝突。

法國女人在來到廣島前有段悲慘遭遇，她曾因爲愛上一個德國兵而被剃光頭，於是在廣島相遇的愛情讓她不再具有信心。

女人說：「若非一切都變得不能再忍受，不要嘗試發掘人生的困難。」

男人說：「妳離開後，我們不會再見面。」

女人說：「……除非再次戰爭。」

我很飢渴，我通姦，我淫亂。謊言與死亡，一直都這樣。

我知道有一天你會撲向我。摧毀我吧，根據你形象的愛。

廣島之戀，語言的河水常常越過了影像的堤岸，讓人記憶。

寫女人，愛、自由與死亡

女人奇特的影像讓莒哈絲開啓了書寫的慾望。每一本書裡，都是關於女人的故事與命運。就像她最著名的影片《印度之歌》裡的殖民地行政官夫人安瑪麗・絲特雷兒，被情人愛撫的身體，任憑男人蹂躪淫樂至死後投入大海的絕滅影像。這樣毀滅性的女人原型反覆出現在其餘作品裡。

莒哈絲在某次談話裡說安瑪麗夫人是她母親的原型，也可說她是女人的原型，一個與人通姦的女人。她想到她的作品中的許多女人都有安瑪麗夫人的影子。這個女人正通向解放的正確路途上，張開雙臂迎向所有的事物……她更接近她的自我了。

也因爲如此吧，莒哈絲被認爲是女性主義者，但她一直都不接受任何加諸於其身上的主義。

她安排安瑪麗投海，是爲了讓她最後和「海洋」這個母體融爲一體。

在《情人》一書裡，女孩做愛時的快感來臨時，她也以海洋爲述說的主體，無與倫比的海洋，莒哈絲後來會定期住到特魯維爾面向海洋的寓所是不無原因了。

女人，纏繞著愛慾、自由與死亡。蒼茫遼闊的愛，讓人害怕。

《無恥之徒》：永遠被母愛驅除在外的小女兒，得不到母親的愛。這個愛與恨相剋相生地滾成了黏著力甚強的主題。在這本莒哈絲的第一本小說裡，即已見到她後來創作的所有基調與原型。

《直布羅陀的水手》：不幸的男人遇到一個女人要走遍世界，尋找她愛過的直布羅陀的水手，他們的海上旅行彼此產生微妙感情。但如果找到直布羅陀水手，那將是愛情的結束。

《情人》裡那個在貧困和暴力中出賣自己肉體的早熟少女。

《抵擋太平洋的堤壩》裡那個寫信給土地管理員，以語言暴力相向的沮喪絕望的母親。

《長別離》：那個永不能與丈夫團聚的少婦。

《伊甸園電影院》：如果我們結婚，我一定會特別不幸。我再也不知道如何做才能使您愛上我。

《羅兒·范·史坦因的狂迷》裡那個被未婚夫拋棄的史坦因，史坦因的迷惑：我在遺忘裡被記起。怎樣的魔魅可以在跳了一支舞後，忘記等待在旁的那個人？

《痛苦》：那個久久等待丈夫從集中營回來的妻子。

《黑夜號輪船》裡那個得了嚴重的病需要靜養，常身不由己的富家小姐。不能出門，只能靠電話和情人通聯，熱戀的思慕、不安的期盼與痛苦難耐的情慾令隔著電話線的男女瘋狂著。

《奧雷莉亞·斯坦納》裡一開始即詢問：「我們怎樣做才能使這愛情接近我們，消殞了使我們分離的時間之明顯的片段？」

女乞丐，也是莒哈絲小說的奇特角色。她總是花很長的篇幅寫女乞丐。在《情人》一書裡，無緣無故地突然被那個口述者「我」吐出對女乞丐的描述：

連女乞丐都讓人感覺很立體，立體中卻又什麼也抓不住，摸不著。如熱氣，如夜霧。渺渺茫茫。

寫景寫旅行——蒼茫遼闊的溽暑之地

莒哈絲並不是常出國旅行的人，但她常移動，看她在法國有三個住處即可明瞭，她需要空間轉換。

也許早期的越南生活之異地經驗，已夠豐富她的異國情調了，寫作之後的她去過紐約，去過羅馬等地，但她很少寫這些地方，甚至不太提及。大部分她都是待在法國。想像力之外的境域，於她都是外面的世界。又或許越南、印度的異象太強烈了，以至於後來的旅地都無法超越，無法取代。她自身的獨特地理學，從中南半島延伸到加爾各答，評論家甚至稱爲這是「莒哈絲洲」。

她個人獨有的凝視陸塊與海洋。

莒哈絲擅長寫哀愁，旅地最哀愁之地，莫過於有分別氣息的港口了。

《情人》末段她即將回到法國，整個末章節環繞在港口和輪船的濃烈述說裡。

以前從越南搭大客輪到巴黎需二十四天，莒哈絲描述整個大客輪本身就是一座城市，有道路有酒吧有咖啡屋有圖書館有沙龍等等。「人們在船上相遇、相戀、結婚，也有人死在船上。」

莒哈絲還說過去的旅行比現在費時多倍，可說是造成悲劇的原因，「距離越長，旅行的時間當然越久。」

在她的青春時代開始有了初步的航空路線，航空的發展消殞了人們對海上旅行的漫長樂趣。

這是莒哈絲少見的「旅行」的理性描述。

在寫景上莒哈絲有許多關於湄公河的敘述，「這條河流總是十分迷人，白天黑夜皆如此，有帆船、呼喚、笑聲、歌聲和海鳥時是迷人的，沒有時也是這樣的迷人。」……「陽光透過煙霧照射在大河上，炎陽之中，兩岸都消失了，水天恍若一色。河水靜靜地流著，就像體內流動的血液一般，靜悄悄地。」

莒哈絲對於越南街道的氣味記憶細節，也讓人印象深刻：「焦糖味瀰漫室內，然後又飄來炒花生的香味，中式風味的湯、烤肉香、各種藥草香、茉莉香、塵埃味、香料香、燒木炭的味道。在這個城市中，人們把木炭放在竹筐裡，運到街上去賣。這個城市的味道，就是偏遠村莊的味道，也是森林中村莊的味道。」

簡潔的語言，「我害怕。河水是從大山裡流出來的。雨季，被淹死的動物隨著急流一起漂下來，有鳥兒、鼯鼠、狐。有一次還看見一隻老虎。」《伊甸園電影院》。

「下午情人坐在坑窪窪的皮椅……夜幕降臨，街區的妓女就把客人帶到這裡了。很多東西都沒有改變……過早到來的夜的濕潤。」《莒哈絲傳》

讀《莒哈絲傳》著魔與除魅——寫傳者與被書寫者的重疊魅影

莒哈絲生前曾說，爲什麼要介紹作家呢？

「書就是我。書的唯一主題是寫作。寫作就是我。因此，我就是書。」

莒哈絲揭示了這樣的霸氣與自信。然而一九九二年，當她知道生命已夕陽西下了，她知道歷史將記她一大筆，所以她答應了勞爾・阿德萊爲其作傳，並把所有生前手記給了現代出版檔案館，因這一動作，使得有些關於莒哈絲生前的謎題得以稍稍撥開迷霧。

然而，迷霧仍在，因莒哈絲有一種勾引人的本能，那就是任何一個和她接觸者，都將成爲她迷霧魅影的一部分。就像霧融進霧，水融進水，再也難分難捨了。

寫《莒哈絲傳》的阿德萊顯然在寫之前即知道自己將被莒哈絲幽靈召喚，以至於在行文中可以見到阿德萊處處避免掉入「莒派」腔調，那種帶著不拘的流動文體、破碎的、口語的、耳語的詩文都在阿德萊的文字裡化成了更敘述、更理性、更邏輯的「傳記體」。

關於莒哈絲傳記約有兩本，米歇爾・芒索《閨中女友》、末代情人楊・安德烈亞寫的《我，情人與奴隸》，這兩本流瀉著魔式的莒腔，尤其楊簡直是莒哈絲的幽魂再現。因此當一九九八年阿德萊的《莒哈絲傳》面世後，格外受到矚目，阿德萊是認真的研究者，不僅走訪越南，也對莒哈絲作品時空掌握十足的瞭解，並訪談了關於莒哈絲生前周邊的人物，加上文筆生動，敘述中肯，有褒有貶、史料兼具，《莒哈絲傳》遂爲阿德萊推上高峰，獲得了當年的法國女性文學獎。

往往寫知名人物生平或研究可爲書寫者加分，人們因注意知名人物而連帶注意書寫者，這就是爲何「傳奇」總是不斷地堆高，「傳奇」像一幅永遠不肯完成的油彩畫，後人不斷在其上塗抹添加。那些亡者肖像早已不知魂遊他處了，而後人卻仍不斷地供奉著。

然阿德萊深知寫傳記的陷阱，於是她帶著嚴苛的目光來解剖被部分扭曲或傳奇化的莒哈絲，「必須到別的地方去尋找。」她必得走訪越南，看看莒哈絲十八歲前開墾慾望的異鄉，一九九六年夏天阿德萊來到遙遠的印度支那，她眞切感受到莒哈絲筆下的《情人》氛圍，她看見西貢有成千上萬的未刪節版《情人》在販售，她看見電腦被擺在竹籠裡賣，竹籠到了夜裡抓老鼠……她看見電影院放些台灣拍的淫穢電影，下午情人坐在坑坑窪窪的皮椅……夜幕降臨，街區的妓女就把客人帶到這裡了。很多東西都沒有改變……過早到來的夜的濕潤。

敘述初始，阿德萊就和她筆下的莒哈絲開始了一場較勁。寫傳記者的文筆的手術刀既剖開他者也切開了新的「當下」觀點。於是乎，「新」情人就這樣端然流瀉在阿德萊的筆墨了。

阿德萊採取的仍是按「編年史」的順序，也就是以莒哈絲生平重現生活場景，從時空場景切換至人物身上，再從人物切到莒哈絲作品與評論。越南首先上場，聯繫著童年人物的母親、女人、中國情人一一被往事欽點，接著阿德萊跟著十八歲的莒哈絲回到法國，羅貝爾、迪奧尼斯、共黨……幻滅、沉淪、情人之園……

關於編年史的書寫手法，是最保險（保守）也是最有條理的敘述方式，阿德萊在這一點非常「不」莒哈絲。也許她藉著這樣的書寫編排將碎片的莒哈絲重組，也藉此來「反」莒哈絲。不過，即使如此，阿德萊還是有一部分成了莒哈絲，那是阿德萊的「文字」，當阿德萊截取片段的莒哈絲文字時，她就成了莒哈絲了。莒哈絲的文字就像這本書裡的螢光記號，不斷地跳躍在閱讀者的目光下。

阿德萊寫傳記的功夫十分扎實：勤啃莒哈絲所有作品與評論、和莒哈絲有過好幾次談話（第一手資料）、翻閱圖書館檔案、追蹤和莒哈絲過去同行的同伴的追憶（包括莒哈絲的兒子、兒子的父親、末代情人等等人物）、未發表的文章、私人的甚至和菜譜混在一起的一堆日記簿、走訪越南（場景時空）……「很多人都接受了這場追尋眞相的遊戲，爲了她。」「這個小個子的老婦，直瞪瞪地看著目標……」常戴面具的莒哈絲最末成了阿德萊筆下眞實的「小個子老婦」，讀到此句，我不禁笑了起來。

阿德萊以「田野調查」的地毯式工夫追蹤了法國當代最受爭議也最受喜愛和批評的莒哈絲，再加上其邏輯卻又不失散文詩迷人的語句和風格（文字的音樂性以及詩性的想像），遂使得阿德萊的這本《莒哈絲傳》也使她成爲寫傳者的標竿。

我甚至認爲解開莒哈絲之謎不重要，但是讀這本書卻很重要，因爲阿德萊顯現了寫傳記也可以很迷人的範本。自此，傳記是獨立的書，而不是傳記者的附庸。

他們彼此的魅影是濃得如此化不開，莒哈絲說：「我像野人那樣工作。」阿德萊承接了這樣的野人熱情，並將這樣的熱情傾回給說這句話的人。然後兩個人在書寫與被書寫中一起發光。

讀《勞兒之劫》裡異質人格之愛與「魔」共舞愛情中毒患者

馬奎斯寫《百年孤寂》寫到最後邦迪亞上校死亡時，馬奎斯遏抑不住地在打字機面前落了淚。敘述者和被敘述者在那一刻命運一體，作者化爲書中人物，虛構成了眞實。

同樣情況，莒哈絲筆下的許多女主角幾乎可視爲莒哈絲化身，或該說莒哈絲寫著寫著，突然自己也跟著人物中魔了，哀傷了。以創作者看創作者，我得說如此之「魔」令人羨，因爲那意味著書寫者完全進入人物的時空與心理核心，書寫凌駕一切，已是筆墨熱燙，文字燒灼，抵「如火如荼」境界了。

一九九六年莒哈絲終於「不捨」地辭世，離開被她稱爲「地獄」的寫作生活。視寫作爲地獄，但卻又無能離開地獄，那也許就是一種中魔的了。

提出這一點是爲了詮釋莒哈絲寫《勞兒之劫》的核心：失心瘋的遺忘與魔魅的愛。提出這一點是爲了說明閱讀莒哈絲前，要先閱讀自己。要戰勝莒哈絲，要先戰勝自己。蓋因莒哈絲文字如刀上蜂蜜，舔之甜，卻傷之。讀《勞兒之劫》，我常帶著恍惚的清晰，有什麼在體內流動卻又抓不住那些流動的形貌。

《勞兒之劫》一直沒有統一譯名（亦有直譯《羅兒・范・史坦因的狂迷》），書名難譯就如同莒哈絲的文字之漂流斷裂般「多義」，讀不同譯本幾乎就是不同的感受。多義詞或雙關語一直是莒哈絲善用的，《勞兒之劫》第一句寫了勞兒生在沙塔拉（S. Tahla），沙塔拉，譯者也巧妙地用了中文的多重性來呼應莒哈絲，「沙」，飄忽難定，「海水一塊一塊地淹沒了藍色的沙洲，沙洲有著同樣的緩慢漸漸地失去了自己的個性，與大海融爲一體，這片沙洲這樣了，其他的在等待著它們的輪迴。沙洲的消亡使勞兒充滿了嚴重的憂傷……」

莒哈絲永遠擅長將人之精神託寓於境外「意象」，藉著意象再兜回精神，然後纏繞不休。

《勞兒之劫》被稱爲莒哈絲最好的作品之一，裡面那個被未婚夫拋棄的勞兒・史坦因輕飄卻又沉重，勞兒・史坦因的迷惑是：在遺忘裡她記起遺棄，而閱讀的我們則不禁跟著她一起發問：「是怎樣的情愛魔魅可以在跳了一支舞後，忘記等待在旁的那個人？」

莒哈絲的確是跟著筆中人物中魔了，因爲「勞兒」是眞有其人其事。莒哈絲在某個節日去了精神病院，遇見了一位臉龐絕對平靜且舞跳得極好、實則是精神分裂的重患女子。莒哈絲「迷」上了這樣的異質，她一直關注創傷、著魔、迷狂……接著是跌進自我深淵。一九六四年莒哈絲完成《勞兒之劫》，在吾輩尚未面世時早已完成新小說的輕質重痕美學，文輕意重，莒哈絲創造了小說人物的同時也創造了自己：愛情傷痕皇后。「勞兒」成了莒哈絲形塑女人的內我原型，她指出人都隱藏瘋狂的因子，問題不在這個因子，而在於「際遇」的撩撥、挑逗。

談《勞兒之劫》必然得提及精神結構主義大師拉崗（Lacan），因爲勞兒這個人物也勾住了拉崗的目光。拉崗把勞兒放在精神分析上，認爲莒哈絲並無意昇華個人在愛慾苦與際遇磨難之後的神性。在我看來這樣的「無意」卻正好是莒哈絲的「有意」，是隸屬於創造者的內我神話建構，這樣的建構支撐了莒哈絲往後的各種人生困頓，包括作品被批評的沮喪等等，她因此強大自己而穿越俗世眼光。「勞兒」這個角色的出現，毋寧是替莒哈絲的漂泊人生定了錨，莒哈絲自此明白人生一切都可以「被創造」，即使是「發瘋」。

「人們要清楚明白她所寫的東西，需要十年的時間。」拉崗說。

莒哈絲通過評論界讚譽與俗世目光不僅花了十年，她幾乎傾其一生熱情。如果說《勞兒之劫》給了我什麼樣的閱讀啓示，我會說，「魔」不可怕，重點是要能「與魔共舞」，能共舞就無畏在人生舞會出現了何等致命的人物與勾引。

讀《勞兒之劫》應該要續讀她的小說續集《愛》，莒哈絲在《愛》這部作品裡同樣描寫愛將如海沙如灰燼般杳遠，卻又讓人無法停止爲之心碎旋轉。一如讀《情人》應再讀《中國北方來的情人》……莒哈絲海岸，總是一波又一波地打上敏感者的心。許多人仿效她的文字語言，莒派風格於焉誕生。

屢屢讀莒哈絲作品讓我思及金聖歎說過的話：大家都想成佛，而我想成魔……

成佛或成魔是一體兩面，問題在於佛或魔者的氣度氣魄。

在這一點上，莒哈絲的《勞兒之劫》剖解了愛與記憶的神經，除了敏感，這需要一種誠實凝視自己的氣魄，也因此氣魄韌性之夙昔訓練，她才能在一九八二年時以幾近七十高齡回顧了自己在越南十五歲半的初體驗。

論述莒哈絲已太多，在此我只想與她跳一支舞。跳完舞後，每個女人都發現自己成了「勞兒」，被莒哈絲「劫持」了。瞬間我明白了，「潛意識是他者的話語。」我既是自我也是他者，分裂……再生，再生……分裂。

印度

07 她的印度之歌

印度是什麼樣的地方，竟使莒哈絲十八歲回返法國的船停泊中途的短暫目視裡，自此卻在她的記憶土壤裡長出了血肉。

加爾各答分泌的汁液是苦楚，寂寞，瘋狂。

像大海一般的匯流，匯流到印度洋，潮汐是會讓她敬畏的力量。出神地望海，波浪像是呼吸與血液下流動的水，「有一件事是我會做的，那就是凝視大海。」「我從窗口看著它——大海看著它——死亡。」

母親、大海等同死亡的那種力量。

死亡只是一種象徵，內我要突破必須穿越的死境，不是眞正的死，是一種類似死亡的那種必須「打到底」的力量。

她好幾次將場景移至十八歲時曾漫遊一日的印度。

那時輪船停泊在加爾各答。

引擎濃煙混著海水的腥臭，瀰漫的腐朽氣味，人與獸發出的臊體味，香料與蔬果發酵的腐爛惡氣，尿臭似的潮濕塵土沾黏在泥土上。牛糞炊煙，充滿骨灰與死亡，死氣沉沉中卻有不死的生命在膨脹蔓延……「生命力是用來拒絕表示的。」莒哈絲這樣「理解」生命力不是可見可表達的東西，恰恰是隱藏的。「難以理解的、孤獨的、可惡的」，這也是一種生命力。

大大的反抗這個讓你無法成爲你自己的世界，她在加爾各答短暫停泊時看見在苦難生活裡的芸芸眾生，她看著他們的溫馴只是表象，只要時空來到，溫馴也會恢復野性的本質。

「反抗猶如一輛死亡戰車」，仍是這個嚴厲或同情的微型社會中的炸彈。

印度像一條河流，穿過她的眼睛，她的身體。

只消一個下午，她就看見了外相裡的本質。

印度有這種氣質與能量，這也是我的感受。

印度，謎中謎。

你聽見什麼？

她在哭。

並不難過，是嗎？

是的。

心腸好的，痲瘋病患。

我想到《印度之歌》裡的字句，如此怪異的美。

痛苦如此普遍，以至於痛苦也就像吃飯地習以為常了。

《印度之歌》裡的安瑪麗是基督徒，但心中卻沒有上帝了。華麗的愛情底下是一張隨時要獻身死神的逸樂之臉。

安瑪麗是「臉色粉紅的女人」，這種女人就像玫瑰，但仍然有刺。「喜歡讀書，會在遙遠的芒什省的風中讀普魯斯特的作品。」她是加爾各答的皇后，加爾各答的情婦，加爾各答的妓女，也就是「慾望」的本體與象徵。

她屬於任何要她的人。

她委身給占有她的人。

莒哈絲覺得「妓女」的角色是一種「利他」主義下的產物，這觀點把巴黎人的優雅瞬間打到了不得不剝除假象的地步。法國到處殖民，將當地的女人物化，將當地的男人勞役化，都是「身體」的傷害，進而躍至靈魂的屈辱。

莒哈絲看事情有別於很多人，這也是當作家之必要條件。

她曾經在回答巴黎《晨報》時說：「舞會就有點像是古今的葬禮，排場大，鮮花成排，裝飾華麗……卻無非是為了接待死神。」

這個舞會，

多少愛情……

多少慾望……

《印度之歌》、《恆河的女人》、《副領事》是這一系列的印度再現。安瑪麗對世界的理解是通過另一個他者：愛情客體。早年莒哈絲的作品愛情現場是在印度，愛情在印度形成，投入標記愛情的奇幻異國地點，在印度有「通姦的愛情」「警戒的愛情」。大使夫人安瑪麗住在一棟豪華卻有如籠子的宅邸。

新鮮的愛情很快就碰到腐朽的空氣而氧化，在這塊吹滿季風的土地上，在這棟屋外是痲瘋病患的大使館裡，愛情很快就被耗盡，安瑪麗成了被愛神遺棄的女人。

女神不能走下舞臺，當這個女人大膽說出愛時，男人卻說關於愛情的故事，妳可以和其他人一起體驗，我不需要這個。

令人心碎的實話，令人心醉的召喚。

《恆河的女人》裡有一段動人的敘述：「她只能生活在那裡，她靠那個地方過活，她靠印度、加爾各答每天分泌出來的絕望生活，同樣，她也因此而死，她死就像被印度毒死。」

每天分泌出來的絕望生活。切中了整個印度人的命運。

說來奇特，關於印度，不過就是十八歲回返法國的輪船曾在加爾各答停留了一陣，他們被放出來在街道走了兩個小時。就是這樣兩個小時的浮光掠影，就夠莒哈絲創作了。何等敏感而強韌的嗅覺與記憶。

關於印度，從一九六四年到一九七六年，莒哈絲寫了四部關於印度的小說：《羅兒・范・史坦因的狂迷》《副領事》、《印度之歌》、《愛》，並拍了三部關於印度的影片：《恆河的女人》、《印度之歌》、《在荒蕪的加爾各答她名叫威尼斯》。

印度最後的閉門之作是《在荒蕪的加爾各答她名叫威尼斯》。

莒哈絲永遠不會在一部作品裡寫完所有的故事，每一本書都是一片美麗的「青花瓷」，必須在其他作品裡繼續拼補瓷片，才能連綴成主體。莒哈絲在激情中創造這些人物，「激情」勢必擊垮「永恆」，因爲永恆代表的是寧靜，而激情永遠不安，永遠晃動，如燒水，沸騰，消失。

如何讓角色徹底消失，除了一直寫，寫到沒有故事之外，好像沒有別的方法。有時候作者會在不同的作品裡反覆出現相同的角色即在此，「寫」有如「殺」，殺死角色，最後不再擋住記憶的門。

她說：「我總是重拍同樣的電影，總是重寫同樣的書，我心裡在想：她必須死。就是這樣，因爲她給我帶來同樣的損害。」

對寫作而言，「虛構」有著雙重的導洩作用，疏導，流瀉，使之暢通。寫故事書有療癒，但時間軸線卻得拉得很長很長，有時不是寫一本書即可，必須不斷地寫，直到在心中把記憶裡的幻影殺死。

「這世界被慾望連結在一起，彼此間都有慾望……他們早已在等待任何死亡，任何故事。」這世界到處是去了又來的慾望，到處是生生滅滅的死亡。

平靜又熱情的膽狂虛妄，她把自己筆端的熱情匯聚到人物的激情之中，作者與人物的激情並駕齊驅，讓故事被作者遺忘，但卻被作者之外的其他人記住了。

作家寫出了故事，擺脫了故事，最後卻被其他人記住了。作家把故事保管箱的鑰匙交到了讀者的腦海裡，以至於當作家都忘了自己筆下的故事時，許多流傳作家的故事卻到處上場。

「具有一種力量，這種力量能增加虛構的潛在力量。」這種力量就是寫作的力量，可以把變調的愛情導向死亡，擺脫惡魔似的回憶糾纏，文字話語使愛情復活，但復活的只是故事，不是愛情的本身。

打撈遙遠的，不可及的記憶之寫作方法，就像一種「驅魔」、「避邪」的儀式，使嚴肅面對自己的作家在永恆的面前，竟也占有一小席之地，使莒哈絲在法國人的心中永遠代表一種「驅魔愛情」教主的魅力地位。荒蕪，炎熱，混雜……關鍵字詞，組成我閱讀莒哈絲的支配主線。

影片和寫作一樣，莒哈絲調度的也是「空無」的死亡能力，影片最後完全「沒有人物」，只剩下聲音。緩慢的鏡頭推移，長而空無的全景，毀壞的房子下，有個聲音說著：「這是深淵，這是平滑的表面，這是死亡的表面。」敘述戛然而止，影片空無，沒有任何東西可以再度顯現，一切只剩下窸窸窣窣的低沉聲音，如鬼魅般。

難以忍受的分離，最後變成生命中不斷學習的現實，必要穿越之黑暗。

在寫作與拍影片之間，筆中的人物逐漸死去，激情逐漸冷卻。

「這一切都已結束了，完結了。」影片上映，作者死去。

莒哈絲作品的一致性表現在「語詞」上。魅惑性的獨特語言總能滲透到作品裡，形成她個人極爲強烈的標誌印記。

在搖擺不定風雨飄搖的人世裡，如何安排自己的命運？

如果一切命定何須努力？

但我們都誤解所謂的「命定」其實也是自己安排的「因」所結的「果」，「因」循久了，以至於錯解成命定。

莒哈絲沒有因果基礎，但她看事物卻總能穿透其中的苦處與難處。

有四部作品可以串連她對安排命運這件事的想法，也是我喜歡她的幾本比較少人提及的作品。《黑夜號輪船》、《死亡的疾病》、《藍眼睛與黑頭髮》、《直布羅陀的水手》，這四部作品是進入莒哈絲魅惑核心的關鍵之作。

其中的人物都具有不容妥協的決定性，執拗性。

這世界近在眼前，但這世界卻容易使每個人變得單調庸常，莒哈絲故喜歡挑戰這樣的庸常。這四部作品裡的人物都很怪誕，獨特地安排自己的命運，跳脫世界的集體運轉。命運不是直線的，而是螺旋式的曲線。

永遠幸福或永遠沉淪……尋找到愛情時就不再愛了？

「我不再愛你時，我就什麼也不愛了。什麼也不愛了，除了你。」莒哈絲的語詞模糊，但卻點滴滲透到心海，在某個夜晚突如其來的海嘯虎虎上岸，或者土石奔流狂洩，垮解心房。

印度分泌的淚水，一如印度的氣味，很難解析其中成分。

但苦楚與悲哀是少不了的，眼淚降在有能力轉化者的臉上時，淚水就是滋潤乾涸的力量。

莒哈絲如是，於我亦然。

人車牛爭道的交通總是癱瘓，加爾各答像是一座一直煮著爛物的大火爐，蒸騰出疲憊不堪的苦難世界，而那種苦難甚至是不被當地人解析而出的人間成分，是早熟的少女旁觀者眼中望出去的淚水。

但淚水也可以轉化成灌溉生命的水，如果一個有能量者他會這麼看待苦難。

也許是一種天眞。

一種敬意似的靜謐藏在喧囂裡。

就像恆河的河水躲藏著人間新生與離別的淚水。

她下船遊蕩了這座沾滿窮苦淚水的城市，身心受到驚嚇似的，使得這個短暫的記憶竟至保存了一生，並化爲寫作的養分。

夜晚身體的渴慾與土地的靈魂，「人們感到它在慢慢地展現，熱呼呼的，可以感覺得到，就像永恆溫熱的小路，被最後一批來人默默地走過，即將走來的腳步的聲音，和正在行走的軀體的聲音，使得這種沉默變得愈來愈深沉。

「我從青春期就害怕我自己……去死，去瘋，去旅行。」

感情是疊床架屋式的層層疊疊，舊跡新痕，混雜在她的生命裡。

就像青春期經歷的這些地景，如魔幻似的夢夜總是敲著她的心房。

滲透出的慾望，就像加爾各答，一切都是混雜的。

恆河的河水躲藏著人間新生與離別的淚水。

有了慾望，就有了愛情。

像是綻放的花，投身於激情之火，滾燙之後冷卻，淬取的是見到慾望的空性本質，一切肉體的哀歡幻滅。

體驗這種絕對服從在身體的慾望中，也可以使靈魂達到極致。她認爲體驗過恍如巨大災難似的激情，才知道什麼是人生滋味。「有致命的愛才有小說。」愛情有退路不是眞愛，站在安全領域書寫的小說也不會太好。「致命」是指必須通過獻身似的投入，專注。

直到愛情突然跌進「厭倦的沼澤」裡，再也逃脫不了。

莒哈絲誠實地寫道：「他們相互間已沒有慾望，但有深沉的愛。他們每天夜裡都夢想著新的愛，夢想著新的慾望。夢犯下了不忠的罪。不忠是愛情中剩下的最眞的東西。是能夠期待的東西。」

單調生活是夫妻之間的殺手。因此莒哈絲的小說裡的愛情常需要的是她自己幻想的「意外與事故，懷疑和驚慌，要經常感到不舒服，好永不陷入令人過於放心的那種不冷不熱的無聊狀況。」

08 我的印度之歌

我的印度之旅曾經打開我對「眾生」體會之眼，茵哈絲亦然，但成長於越南早已讓她體會這一塊了吧，苦難是越南的印記，殖民者的身分施加被殖民者的經歷，一直是她揮之不去的惡夢。在印度，她才明白，苦難不會是一個人一個地區一個國家的，苦難是生命必經之旅，如此苦難就不會太難熬，和孤獨一樣，我們都想怎麼這世間我是如此地孤獨，把鏡頭從自己身上拉開時，才看見很多人也都很孤獨，孤獨是生命的其中滋味，那就好好品嘗。

但作家這樣想還不夠的，這不是什麼新發現。

對創作者而言，獨特與吸引力才是難題，每個獨特者在生存難題前都會被抹平壓扁成普通者。獨特者不能高傲，因為獨特也是靠大眾才彰顯出來的，既要擁有自我又能擺脫自我為中心，同時朝他人走去，甚至為了不讓他人感到自卑或不舒服而降低自己的獨特，使自己成為和大眾相似的人，甚至成為彼此的姊妹或兄弟。

我就是如此地成為這樣的人，通過印度，通過旅行，通過佛學中心。

但我仍擁有獨特，這無庸置疑。

至於吸引力，你抵達作品核心時，自然就會吸引和你心有所屬，情有所鍾的社群。

印度最初是和悉達多王子連在一起的，接著是朝聖，接著是宗教，接著是時尚，那永遠沒有相似的羊毛繡花圍巾與斑斕燦麗閃亮如出嫁新娘的衣裙。接著是通過印度，進入尼泊爾，從而有了生命中奇異的遭逢與常迴旋在心裡的幾個影像。

別讓昨日占據今日太久，修行者總是這麼告誡我們。但不清楚昨日，今日也無法前進，昨日不過去，今日就沒未來。昨日的印度，封存在廢墟裡。今日的旅人，在靈修的腳程裡意圖止住狂馳的心念。

我記得印度之歌，由食物氣味器物服飾皇宮災難所構成的旋律，沾染在旅人的夢境裡。愚者覆藏，遂使滋蔓。我是愚者，滋養蔓長著許多心念與故事，其中印度的旅程，可以化爲許許多多碎片，在不同的故事，不同的文本裡，以陰影以光亮，如森林，如霧地飄潑而出……

關於我的印度碎片碎影

抬頭星光微微，鋪展散開在天幕有如數以萬計的白光落在黑底的銀盤。循著聲源，我幾乎是不斷地以打火機照亮瞬間的路，在微弱火星裡方能目視所走的方寸，四周的牛糞氣味刺鼻。

在印度，常覺空間的光亮灰暗，即便是在上好餐廳吃飯，電力也是來來停停，菜夾一半忽然暗了，送到嘴裡又亮了。習慣乍然停電，習慣四周頓然陷入昏黑。

清晨五點，在比太陽還早甦醒的瓦拉那西聖城窄窄小徑上永遠是濕漉漉的影影綽綽，我懷疑我如果穿紗麗裙定然要跌個四腳朝天。企圖遙想聆聽來自恆河的流水湍湍，我將點燈放水流，再搭渡船到彼岸取金剛砂，恆河沙無數，眾生亦無數，我的祈願也無數。

然後日出了，人們膜拜恆河女神。無視於膜拜的是，兩個背著龜殼透明包的日本小女生在恆河石階上塗著粉紅色的指甲油，前方有瓦拉那西人在河水裡刷牙吐痰裸身沐浴。

關於印度種種，總也說不盡。只能碎片碎影補補織織。關於印度的種種之於一個旅人就是關於新奇的種種就是關於不幸的種種，也是關於折磨的種種也是關於不習慣的種種。

關於不幸是最後旅人必須學習把心一橫，關於不習慣則是最後也都成了習慣。面對無數迎來如蒼蠅揮之不去的印度蒼生，光是四目交接都是一種沾惹，沾惹所損失的是自我的耐性或者悲憫或者是鈔票。印度人洞悉旅人的心態接近訓練有素般，先是招呼再是企圖繼之進攻最後是一路尾隨。彷彿他們天生熟悉扮演姿態、熟悉緊纏中不斷地釋放各種可能，而旅人卻從善意到好奇再到想要擺脫最後竟延伸成煩躁甚至生氣。

行經而過的四人座吉普車卻擠上了三十幾個人，前後左右頂上都是人，抓牢鐵桿一站就是三四個鐘頭以上。兩車交會時最爲驚險了，在印度按喇叭是禮貌，貨車後面都寫著請按喇叭，我想是因爲他們太愛超車了，或者該說印度的路都太窄了，都是單行道，一旦遇到慢郎中的牛車，只得超車。按聲喇叭是代表要超車了，要讓你的就會把手伸出窗外揮一揮。只有開車時，印度人不善於等待。

然印度人的命很不値錢，印度火車出軌常是一死上千上百人。報紙報導出事的當地市長要賠償死者一萬盧比，竟然被臭罵一頓，原因是賠償金太高了，議會說賠一千元盧比就行了。一萬盧比不過台幣七千多元，一條因爲建設差而意外賠上命的價値以金錢換算時竟是如此低廉。

印度，讓外來者在旅途中體驗靈與肉高高低低的折磨國度。

它也曾經具體而微地讓我感到美妙，像是在長途瘋顛十幾條公路之後下驛喝杯阿薩姆熱奶茶和嚐片方烤出爐的薄餅配辣咖哩。它也曾經在我眼前不斷如實展現一種歷史記憶未曾斷裂的佛陀故事與建築之美，像是泰姬瑪哈陵與亞格拉皇宮等蒙兀兒王朝的花團錦簇明亮光燦。從如蒼蠅無邊無際漫飛的眾生群相躲入凝結在歷史光暈的觀光景點，是印度在窮富之間最爲兩極的感受。

總是觀看到斜暉染上了眼際，便一時忘了身在印度。可印度的微光無限寶貴，而過客如我光陰有限，肉身危脆只能快馬加鞭，生怕無法抵抗一切的劫毀瞬間來到。

常是這樣帶著時光短暫，再美好也賞之不盡的悵然之心離開觀光景點，這時陡然又從皇宮盛世的華美回到現實世界的印度悠悠蒼生。

原本坐在樹下或地上的小販見到觀光客出了門都快速站起且追至身邊，拿著一串串念珠、一疊疊明信片、身披五彩圍巾、身扛叮叮咚咚項鍊耳飾……繞著人們轉啊轉，放棄舊的一個，又追上另一個新來者，每天他們要反覆多少次這樣的追追趕趕，起起落落？

人都極瘦，眞的是皮包骨，得著一種膝蓋以下的Polio疾病者以手當腳爬行於地，如猴的殘人終生爬行在地，讓我想起以前鄉下人常用台語罵人的話：著猴！是這樣殘酷蕪雜的現境在前。有的乞討小孩見到穿著僧衣的台灣出家人竟會不斷地低低哀憐著：師父，師父！阿彌陀佛！阿彌陀佛！一百一百！

我仔細聽，沒聽錯，說的可是國語啊。

叫賣聲乞討聲當然是一路尾隨到人們上了巴士，殘人以及瘦弱孩童孤寡老人悲傷婦人，猶然在側大力地敲打著巴士的鋁面板，鏗！鏗！鏗！鏗！每一聲都近乎一種怒吼。他們善於日日對著旅客不斷地以肉身昭告命運業力

每天分泌出來的絕望生活。
切中了整個印度人的命運。

的示現與殘暴，哀鳴與淚光像天邊一路追趕而來的烏雲。屬於印度人底層的命運一如每年的雨季洪氾，我們都沒有辦法替別人面對個體的環境與人文地域的興衰。

最終，旅人都把窗簾拉上了。

不忍見此，好像見了瞬間就要焚心而亡。然我自己的陵寢未建，我們的腳程還要風塵僕僕地堅忍下去。

一個幽暗與明亮交替的參觀旅程，絕美燦麗與腐朽哀苦交鋒而過的片片刻刻，這是進入印度的入門必修功課，總是起先一切感同身受最後卻變得一切眼不見爲淨。

可眼不見爲淨對於一個寫作者的好奇是不可能的，爲此常感磨心，迷眞逐妄，甚多幻影重重。像是之前的我個人在印度的旅次，我在火車上買了個便當，一個小孩哀憐地賣著，手指僅探觸便當即無退貨可能，接下便當才知是索一百元盧比，簡直是貴翻天，給了也罷，內容簡直讓我食不下嚥。熱天裡，印度人如夜行獸，白天的長途列車裡看他們盡量不動著，只眼睛溜溜轉。一開始旅人傻，亂跑亂竄，始知在熱天裡如此很快便會耗盡所有體力。

在印度要學習在混亂中保有耐性與在長途旅程裡保有體力，還有面對雜亂的警覺，凡此種種旅遊書有明訓。在印度曾經遇過一個像是嬉皮又像是靈修模樣的久居印度之英國人，說是可以幫我買票到奧修營，我說只想買票穿過印度平原，並不想到奧修營。旅途總總細節不談，總之買了張很貴的票且不到目的地，是被他騙了。最後我只好制式認爲在印度的老式英國人有的眞如毒蠍，而印度人呢，伎倆還是如蒼蠅般，讓人煩躁但還不至於疼痛。

於今回想，前幾回的旅行，我初次夜抵新德里機場，在推車輪軸往來一派紛亂的吵雜狀態裡尋覓了自己的行李，耳朵的那片薄膜感覺似要崩裂開來。對，就是要崩裂之感，還有是氣味沾息的怪異，每一縷呼吸都滿含著無數氣味的兜轉，印度是個混雜氣味海綿體。在快節奏裡遲緩著心情，但仍不由自主地等待步出海關大門，冷不防迎面是兩排印度人站在走道的欄杆外圍張揚著牌子或紙張地望盼著旅客，沒有舉牌子的人則是睜著深邃但目光渾濁的眼光狐疑揣測著旅客的身分，臉色游移者和落單者很快就會被這些守候的人快步盯上且跟上。我的驚訝不在於這些企圖接客和做生意的男人，而是這麼晚了，都快夜裡十二點了，玻璃門外竟是比下機場時還人影幢幢，人數之多讓我錯以為時間還早。

可真的晚了。

就在時間噹的一聲穿過另一個日子的凌晨時分，我才安然穿過了機場大廳，走出新德里機場外頭，第一口印度國度的空氣帶著一股濃重沉厚的灰塵與樹葉精油的氣味，恍然我有種錯覺以為身處在某個大工地之感，第一次聞到灰塵混著樹葉的氣味有種醒鼻作用，在心裡說著氣味絕對是我記憶印度的方式之一。

身處德里這座被稱為「Green City」的綠色城市，卻讓我感覺像是黑色城市。汽機車的柴油恆常冒著黑煙從身旁駛去，天永遠是珠灰色的，陽光的朱顏碧黃無法透亮射進這座大城。

幾千年的古城古國，不變的是什麼？在德里在朝聖途中我老想著這樣的問題。

之後的旅程，珠灰色天空一路尾隨，雜遝的氣味也常常凌駕在繽紛的視覺之上，甜膩的焚香、飽脹裂開的水果、腐爛的小動物屍體、濃烈至噁的精油、辛辣的咖哩、狐臊氣的人味……

只有牛糞和燒稻草甘蔗的氣味讓我莫可名狀，只好籠統說那種氣味是古老的鄉愁。鄉下有錢與否就看牛糞餅是否貼得滿牆，婦人圍著一團團牛糞用手拍打成小圓糊牆等烈陽烘曬，這一雙雙的手到了晚上換成拍打麵粉做薄餅。

手，最被高度使用的國度，印度人的身體就是他們自己的國土。

抵達之謎

十一月中旬啓程至印度，古國已結束了每年的漫長雨季和夏日的熱浪苦難，每一年溽暑和豪雨都要奪走許多的驚怖生靈，旅客們也都盡量慎選季節前往印度。旅館夏天關門者多，入宿時常是依稀還聞到上一季殘留的氣味。

夜抵機場，每一回夜晚飛越漫長的經緯線來到另一個陌生國度時，我都有一種恍惚的悠悠感，像是前世今生的陰陽離子在此陌生旅地的初夜交會交戰，無比怪異地揪著心，可定神一覷，卻又什麼也揪不著地只餘一種氛圍飄飄逝逝，迷迷濛濛。

夜晚的機場，充滿倦容的旅人，寂寞的推車單音，鬆垮的步履，疲啞的嗓調……我們陌生地擦身而過，我們像午夜降落星球的影舞者，只有影子和影子在午夜的機場光暈裡閃閃滅滅。

我想再次述說新德里機場：這機場和其他城市的機場有很多的相同也有很多的不同，相同都是一些特定的名詞元素，當然像是海關推車輸送帶皆備，只是推車一下子就被好幾家子的印度人拉光了；而這機場很多的不同都是細節瑣碎的，像是廁所裡面站著個拿抹布穿著金色勾線花邊紗麗的婦人，她盯著我，我盯著她，彼此都有的黑瞳深邃目光短暫交會，卻是一無所獲。我沒有留下銅板，她手上仍抓著沒有交到我手上的衛生紙，粉紅紅質粗粗的紙在她塗滿漢娜的黝黑指頭上透著怪異的色相，我的眼睛無聲地拍下了這張格放的照片，一隻黑色肌膚的手握著粉紅衛生紙。推開廁所的門想著有誰會在機場內就有換好盧比呢，這婦人手上的衛生紙要握到什麼時候？

我在印度！內心突響此語。

是的，我在印度，我必須戲謔地提醒自己才能安然超渡常常處於相對客體所帶來不適的身心掙扎。一座到了午夜男人還熱中於做生意的印度城市，外圍街道空間的昏黃燈下仍然是黑影栩栩，站著挨著蹲著，許多睜著烏亮亮精爍爍眼眸的印度男人在等著來客上門，他們如夜行性獅豹般地靜靜環伺行經而過的人們身影，外人若稍停留張望即被其包圍，需費一番工夫才能脫身。原來這空間的大量灰塵原係經過無數個白日所累積在空氣中，飄浮且久久不散，以至於當車燈的光線投射時，我見到了灰塵如魂被收攝成束，天空像罩了層毛玻璃。

一道道如微生物般地遊竄在白光裡，四周充滿了蒙昧與魔魅之感，印度的氣味交相參雜，其奇特一如職業乞丐的姿態造成的視覺幽幻，讓人悲傷慨嘆且常悲喜無分無感，因爲看多了印度人間刻板悲劇戲碼，最後只能麻木地任眼睛游移在殘缺與病態中，流轉在生死情慾的兩界。

我只是旅人，在這裡旅行還得必須不斷提醒這樣簡單易辨的身分，提醒是爲了讓自己的某種僵化的冷漠有

在恆河，見微塵眾，我心如星火，
照亮大千世界的哀愁。

所藉口，不斷地提醒是因爲常常心情因之脆弱且難捱，竟是得靠某種堅毅的品行才能安然走過每個街頭巷尾，和每隻伸出索討的手掌說再見。

印度人願意漫長等待任何一個可能盧比掉到掌中的機會，他們常常無視於被車撞的危險突然就俯衝到對街你的面前，還可以尾隨好幾個路口而仍不願放棄，他們可以等到太陽已經落到山的後頭了還跟在身邊亦步亦趨。在佛陀初轉法輪的「鹿野苑」聖地，一名老人始終跟著朝聖團體，從太陽高懸到黑夜來臨，朝聖團供燈梵誦繞塔靜坐，時光悠悠。最後，天黑了，他終於等到了爲人服務的機會，他從白色的袍中拿出手電筒，幫我們照亮了暗路與企圖看見阿育王石柱上的巴利文。老者終於有了幾十元的盧比，他以漫長等待換取。

又或者像吹長笛的小孩，等待竹簍有人丟下十元盧比時他便吹起長笛，讓拔去毒牙的眼鏡蛇舞動舞動。又或者賣面紙報紙的小孩，等待每一輛車子停下的光顧。又或者在恆河兜售小蠟燭的小孩，我懷疑他們幾乎是不睡覺地等待日夜光臨恆河的遊人，一船售過一船，小孩的身影在夜晚孤孤單單……

爲了盧比（當地人笑說一切都是爲了甘地，因爲鈔票上印著甘地），印度人都很善於等待。

印度人還天生耐磨，耐擠，耐熱，耐吵……可就是耐不住鈔票。其實這樣說是不公平的，因爲他們的天生環境與社會制度是那樣的惡劣不公，有人形容爲「五濁惡世」，對於貧民而言實不爲過。

當乞討和裸露病態都是一種手段與觀光之必要展示場時，黑暗之心只能常駐我旅印之心，再也沒有比印度更複雜更吵雜的國度了。

印度朋友小莫最常在朝聖路程時掛在嘴上的話是：「這裡以前是個大城市，現在什麼都沒有！」繁榮佛陀古國現已是荒煙蔓草斷壁殘垣，確實是現在什麼都沒有。但沒有也是有，但見諸相非相，生生滅滅，榮華盛世轉眼急景凋零，此感受最是深。

V．S．奈波爾，諾貝爾文學獎得主，在一九六四年造訪母國印度，在吾等尚未出生時就寫下了《幽暗國度》，描繪了印度種種引發其震驚厭惡憤怒絕望羞恥的情緒，如今事隔三十多年，再行印度，這些情緒猶在。印度人自嘲：「印度從來沒有退步！」因爲數十年如一日，變化不大，他們不說印度沒有進步，而是說沒有退步，這似乎顯現印度人的思維與善於營生的本能。旅行途中，稻穗綠疇連綿視野盡頭，讓人思疑，這麼豐饒的綠田，爲何印度人還是赤貧？原因是這些田地都是集中在百分之二十的少數人私有財產者手中，印度百分之八十都是佃農與窮者。

社會制度的因襲之下，讓印度難以改變，因此印度從來沒有進步與退步，印度只有尊與卑，貧與富，苦與樂，上與下，在八風中流轉不休。天界與地府，徘徊復徘徊，這一世不好就等著輪迴下一世。

當我黃昏再度徘徊恆河，相同的美麗小孩見我眼熟，再次跑來兜售放河燭燈。點燃後流放於河，靜坐一晌，覺得一股安靜。

靈魂之光再次捻亮眼前。宛如行經無憂樹下，一陣風拂，綠葉含笑，無慮無憂。

心安靜了，一切就體會了。

將碎光碎影，殘身殘心，皆放水流。這又是關於印度之於我的種種：人們起初到印度是笑的，最後也還是笑的，雖然中間歷驗種種。

HENREID
ARNER BROS.
GREENSTREET
LORRE
MICHAEL CURTIZ
Alain Vircondelet
Marguerite
Duras
NON, JE NE REGRETTE RIEN
EDITH
PIAF

物性

09 物質的安慰

我在海邊遺失一個美麗的菸盒和打火機，以及裝此二物的編織包。我希望撿到它們的人是個懂得玩賞物質美麗且能將美麗化爲力量的人。我心痛的不是遺失的本身，而是它們命運未卜。

那菸盒是購自峇里島上的純手工打造銀飾盒，打火機是來自印度的銀飾雕工，表面兩端並鑲有藍綠色土耳其石，編織包是雲南侗族的老繡所織成的小布包。這些身分就足以被體會來自於手工精神仍然運用極致的地域，每個造型皆獨特。

可惜我就爲了賞海，下車後只帶了這麼個菸盒，然後在蒼茫海域點燃一根菸後瞇眼看向山海的迷濛。呆賞一晌後，就返回車內，開車遠去。幾個鐘頭後回到住處才想起我那有著歷史時間感與手工精神的美麗菸盒自此孤獨在海岸的某顆石頭上。也許有人看見了開心地拎它上路，可那拾去的人可否懂得珍惜？

物質的密度與敏感張力可以看出一個人在生活中累結的品味與習慣，但是最後要能不被物役，物質才能成爲內在眞正的力量，而不只是一時的慰藉。

我對衣服本來就沒有名牌崇拜，但對於美麗衣裳和事物曾經著迷，自不再上班後都在用老本過日，所謂老本就是，我過去工作時期所熱愛的裝扮以及因爲某種心情迷惘而購買的衣服和飾物已經夠我美麗一輩子了。

以後只需買消耗品即可從容度日。

我很高興自己終於沉澱了物質的力量，然後穿越了它，接受自然法則，直往精神的原鄉奔去。但我仍然願意去標記一個物質的美麗，因爲那也是整座城市的力量，消費帶動了滾動的生活。

那麼女作家呢？女創作者呢？形形色色，有人愛美，有人不愛裝扮。畢竟外型的美只是一種附加，眞正的力量還是靈魂內部所激發出來的作品之美。

照片裡的物件顯影

我總是仔細地盯看著她的照片，手上有許多個華麗的大戒指，手腕的玉環、大大的手錶，手鍊等等掛滿寫作者最重要的手環上，那麼搶眼醒目。

有人說，因爲莒哈絲以前窮怕了，所以總是竭盡所能地打扮和擁有。

玉環是十五歲時，母親給她的一個禮物。禮物如此貼身，貼身到無法不正視，貼身至和另一個肉體交纏地燃燒此身時無法取下，貼身至死都無法取下。然而在一九八八到一九八九年她七十四歲陷入嚴重昏迷前的那一年，她的玉鐲子因跌倒應聲而碎。相差近四十歲的愛人楊焦急地捧著玉碎片想是否要把碎片埋在土裡。

關於莒哈絲的過往生活，最能解讀的作品當數晚年寫的《情人》一書，所以我也引述這本書最多關於她的形象敘述。也確實是如此，《情人》裡的那個形象最爲清晰。那個身材像竹竿胸部平板的女孩，身穿著黃絲絹衣服，那是已經陳舊得幾近透明的衣服。衣服沒有袖子，胸口開得很低，黃色絲絹已經漸漸泛著些許褐色。腰上繫著皮帶，哥哥的男用皮帶。鞋子是套著一雙金絲鑲著假鑽的高跟鞋。

這樣的形象，通過作品往事又回溯至前。

她戴著這頂帽簷平坦，紮著黑色寬邊蝴蝶結的紫檀色帽子。男用紫檀色軟帽，上面綁著寬大的黑色蝴蝶結。「這頂帽子賦予那個影像決定性的多重意義。」莒哈絲如此述說一頂帽子所帶來的背後意義，在我而言即稱爲物質的力量。在生活上，在精神上，聯通至一個物件上的一種烘托。

除此，《情人》一書再也沒有其他的形象可以凌駕這個「我」了。

當然作家之物都是闡述作家生活的附屬品。

因爲再沒有比作家的文字和文本更讓人著迷的物件了。寫過的手稿紙張才是整個空間發亮之所在。我見了照片裡的書桌與手稿，以及作家炯炯有神的目光，會爲之心室震顫一晌。

那才是美，才是力量。莒哈絲除了越南時代的照片外，她往後的照片幾乎都是在書桌前拍攝的。那個美，也是在那裡凝結的，雖然她已逐漸老去，但卻更顯力量。中晚年她的臉上多了個醒目的黑框眼鏡。她的情慾之眼暫時被遮去了光芒，換上思索和迷離在往事邊緣的眼神，深陷在歲月的眼神。一個作家的靈魂都在那裡顯影了，簡單的照片裡卻純粹到完全展現文者內在的爆發及蓄勢的力量。

我不懂爲什麼台灣有些作家會在封面秀出自己的那些讓我見了心驚膽跳的可怕沙龍照，或者該反過來說那些人原本就只能拍出沙龍照，因爲靈魂太弱，只好以虛有其表來裝腔作勢，作家被藝人化包裝，藝人卻晉身爲作家之列，如此魚目混珠也只有台灣眞有偷天換日的本事，或者該說我們整個島國的文學水準還停留在操作國中高中生人口之閱讀群。

說眞的，若要以作家的照片當封面，也該看看莒哈絲，該看看歐姬芙。特別是莒哈絲簡直是作家前和作家後拍照判若兩人，二十九歲前她的每一張照片都有一種勾引人的姿態，極其性感，眼神勾魂到讓人驚心的地步。

到了出書後，她的樣貌和打扮則是徹底平常化，中晚年更甚，甚至以粗獷現身。曾有人譏她小氣寒酸，一件黑色背心穿了有十五年之久。晚年典型的莒哈絲裝扮是一件黑色背心和披風，一條短統裙或格子裙，翻領襯衫或是套頭毛衣，腳底一雙短統靴。這是莒哈絲晚期較清晰的中性裝扮，和十八歲時期穿的絲質洋裝之性感一樣的經典。

「確實沒有必要把美麗的衣裝罩在自己的身上，因為我在寫作。」她說。不是說作家就不能穿美麗的衣裳，而是因為她在寫作時已經無暇顧及外衣了。文字和才華才是她真正的衣裳，何況中年之後她的臉已經因為酒精而毀滅了。

有一張照片很特別，她有著少見的時尚與華麗。她穿著豹紋的毛大衣，不知是什麼動物的毛，總之不會是豹。她約莫是正要上樓梯被記者拍到，旁邊有兩個模特兒，顯映出她的個子之嬌小。

莒哈絲對她自身的矮小個子也有一種絕望之感，因為這是無法改變的事實。她說：「我，我很矮小，這種困難影響了我一生……我一生都沒有擺脫這困境，我不以穿著引人注目，免得把別人的注意力引到一個太矮小的女人身上。」她不以穿著引人注目，但實則每個人都會因為她是莒哈絲而注意她，但注意她的同時卻又不會去注意她的衣裝，而是因為她是莒哈絲，穿什麼或不穿什麼，貴與貧，美與不美都退位了。

在其談話裡曾說：「美，是不刻意尋求自己所沒有的東西。」她喜歡的女人都帶有一點意亂情迷的味道。也就是不能普通，美麗而沒有個性是不美的。

「我早就明白了。早就明白了一些事。女性之漂亮與否不在於服裝，不在於細心的打扮，不在於昂貴的香水，也不在於稀奇昂貴的裝飾品。我清楚得很，我知道問題出在其他地方，但卻不知道是什麼地方，我只知道不是一般女性想得到的地方。我凝視著西貢街頭和偏僻白人居留區裡的女人們，發現其中不乏雪白肌膚的美女。她們待在這個殖民地，尤其是這麼偏遠的地區，卻一個個都費盡心思，打扮得花枝招展。她們無所事事，只顧著打扮自己。」……「在這些別墅中，在照不到陽光的陰暗處，等待著殘餘的日子逝去，活得像一部長篇小說。數不清的長衣櫃都已經爆滿了，卻找不到機會穿。像時間一般，像難熬的漫長日子一樣多的衣服。」——《情人》

讀她的傳記，描述她喜歡聖羅蘭的衣服，她喜歡的衣服都說是聖羅蘭的，即使不是。她也會買聖羅蘭的衣服給她的情人。

說來，衣裝和青春是女人的最大時間夢幻，被讚美幾聲之後，旋即沮喪感來臨。不斷地與時間拔河，企圖扶正傾頹的軀體，最後還是要投降。殘餘的日子就是殘餘的日子，逝去的青春但願可以在智慧中復活。

莒哈絲生在法國當作家是幸運的，她要是活在連當作家都要年輕漂亮的部分無知台灣領域，恐怕其寫作也要多所折損與折壽的。

物質是爲了自己的存在還是爲了他人的目光？

據和莒哈絲有過三十多年交情後來又決裂的的閨中友人米歇爾・芒索（Michèle Manceaux ）在《閨中女友》（L’Amie）一書裡提到莒哈絲很少站起來拍照，也是爲了掩飾自己的身材。「七〇年代，她還沒有消除這種遺憾，除了酒精，她用別的方式克服過這種祕密的羞澀嗎？」芒索疑惑地寫道。

莒哈絲自己開玩笑說她是在熱帶長大的，所以長不大。

還沒出書的年輕時期，莒哈絲還沒發現這種靈魂的能量，因此她要借重一種外顯的魅力，當時她也做到了，那樣的年紀以那樣怪異的美麗出現和情慾飽滿的呼喚現身是非常得宜。過了三、四十之後就是以本質現身了，若再強求停留在二十幾歲前的裝扮，不僅顯露其靈魂的薄弱，那她也就不成爲莒哈絲了。

巴黎著名的加俐瑪出版社常以作家當書的封面，但作者照都非常自然，像是作家寫作或思考的狀態瞬間拍下的，照片本身很有作者的個性，也具有一種空間的時代性和氣氛。

窗簾、檯燈、長桌

寫作和情慾都需要某種深度的黑暗，在一種黑暗的氛圍中包裹住，再發洩出。

作家需要窗簾，遮上蒼白與外界的窗簾，回到私密的洞穴，反芻咀嚼銘刻一切的一切，之於歡喜悲傷憂

愁。幽幽微微，流波款款。

「室內很暗，雙方都沉默無語。街頭的喧鬧聲淹沒了整個房間，彷彿置身於街頭，或坐在市街電車裡。沒有玻璃窗，只有窗簾和百葉窗，在人行道的陽光中行走的人影，映在窗簾上。」「人群老是那麼多。窗簾上的影子被百葉窗切割成有規律的橫條紋。木屐的聲音在腦中迴響。」……「這道有縫隙的百葉窗和這塊棉布窗簾，隔開了床和外界。無論多堅固的物質，都不能把我們和其他的人隔開。」

「人群老是那麼多」，也有譯成「那些群眾都是那麼巨大」。

長桌，檯燈，打字機，紙和筆，作家不可少之物，我凝視的焦點，無法迴避的目光灼著我的心。每個居所我所關注的是她的寫字桌，發現她的桌燈特別好看，有時罩著蕾絲白巾的檯燈，檯燈基座是銅和玻璃的組合，筆筒是簡單的玻璃杯挪用，一本桌上型日曆，撥接式電話機，菸灰缸永遠是必備品。

屋內有著許多的盆栽和乾燥花，凌亂中有序，典型的寫作者空間，很難整齊。桌上總是堆滿了紙張和書籍。

香菸

香菸，抽著高檔牌的香菸，夾菸的樣子非常男性，像是個老煙槍般地抽著。菸不離手的形象是她的典型特徵，幾乎每一張照片都有她抽菸的樣子，書桌前、導戲、談話、沉思……她有時是兩指夾著菸，有時甚至是雙指捏著菸快燃盡的菸頭，捏著菸的感覺很大剌剌地粗魯，但也很有自我的氣派。她且用左手抽，特別是拍攝於書桌前的照片，我想是因爲右手很忙，要用來寫字。

法國人本來就愛抽菸，男男女女都抽，特別是藝文人士最多，沙特和波娃，羅蘭・巴特、卡繆等人無不抽菸。法國咖啡館也不禁菸，咖啡和菸是同時存在的，缺一不可的氣氛與感官。

酒

威士忌酒，「如果我沒有寫作，我就變成了無可救藥的酒鬼。要是不能再寫作，迷失了那倒是省事……人們因此而酗酒。一旦迷失了就不會再有什麼東西可寫和可失去的。於是就寫作，書就在那兒，它在呼喊，它在要求將它完成，於是就寫作。」

「我躺下時總是蒙起臉。我害怕自己。不知怎麼會這樣地也不知爲什麼。正因如此我在睡覺前要喝烈酒。爲的是忘卻自我。它馬上進入我的血液，然後就可以入睡。酗酒的孤獨是令人不安的。心臟，就是它。它會突然跳得很快。」

芒索曾說當酒精充滿她的臉她的身體時，「她變得很可怕，像癩蝦蟆一樣。」酒精讓她的甲狀腺腫大。

我的越式咖啡館

麝香貓咖啡瀰漫在桌前。

越南女孩要我品嘗。

我知道我是只要品嘗就會買的人，臉皮薄的結果，是這樣沒錯。

買了兩包麝香貓咖啡豆，怎麼形容這種又帶有獸氣又帶有植物的咖啡香，同樣濃烈到有吞噬彼此的危險。

一向不喜歡這麼濃烈的調性，濃烈之後必然得淡雅，淡雅之後濃烈，如此則可。若一直都濃烈，會感覺疲乏。

越南咖啡館聲量都頗大。

在越南咖啡館想起八里的黑色晨光儀式：從床上緩緩爬起，懶懶踱步洗臉，泡泡在臉上拖延光陰，沖去，水無痕。這些動作都是尋常的，只有當我踱步到黑色區塊時才有一種儀式之感。

黑色區塊就是我放置咖啡之地，聖台上置放著濃縮咖啡機、濾紙式咖啡機、摩卡壺、滴漏式濾杯……磨豆機、打奶泡鋼杯、溫度計、保溫壺、小刷子、瓢子、爐子……豆子、肉桂粉、巧克力粉、香草粉、豆蔻粉、奶球、牛奶、榛果糖漿、黑糖塊……舀上一瓢豆，丟入磨豆機，豆子在轉動齒輪中間滲出咖啡香，此係我的晨間儀式序曲，願歡喜無憂。鋼杯承接一杯濾過的水，倒入黑洞。等待過程，拿起長年擱置在旁的波特萊爾詩集或是聶魯達詩集，甚至唐詩，讀首詩，在等待一杯從蒸氣滾出的黑水時。

心情很普魯斯特的幽閉時，需要高壓蒸氣機器所煮出來的濃縮咖啡，咖啡因滲透侵蝕我的骨本，但卻滋養打開我那塵封的心門。若是當日需外出，那咖啡不要太濃，一杯濾杯咖啡足矣，屬淡輕風味。若心境處在情人莒哈絲式的慾望雲端，那將好整以暇地打打奶泡，做一杯卡布其諾，撒上醒鼻吻舌的肉桂粉。若是下雨陰天，煮滾壺內熱水，將水注入濾紙杯，開放蒸散方式將咖啡香充斥在木頭家具與柚木地板的間縫裡。

咖啡注入不同大小的杯子，喝咖啡心情和方位有關。趕稿時，咖啡端到長書桌，常常只啜飲幾口便一頭栽入書寫或是忙忙敲打鍵盤。晨光若閒，在窗前邊飲咖啡邊眺望河水則幾乎是每日的重要儀式。有時心情處在獨特氛圍時，會煮一大壺咖啡宴請四方，四方所在爲我的供桌觀音菩薩前、父親遺照前、讀的書本前……各放一杯剛煮出的咖啡，讓咖啡以香味和我所關注的對象無言對話，此爲另一種儀式。喝咖啡前，我會先喝幾口水，以沖淡晨光方醒轉的舌尖氣味，不加糖，僅搭以一顆巧克力，黑對黑，絕對純然。

這就是我美好生活的前奏曲，屬於巴哈式的無伴奏大提琴。

原味、香味、刺激、可喜、平凡、不貴族，苦澀而甘甜的口感是我所喜歡的人生調性，一如咖啡原味。我的寫作都在咖啡香中完成，紙頁浸滿氣味的記憶，來自25度生長線咖啡園，遙遠的國度，神奇的黑水化成寫作筆端的墨水，一粒豆子化成一個文字。我遙想南美洲非洲人們，辛苦流汗栽植著咖啡豆可可豆，許多許多人終其一生未曾品過一杯咖啡、未曾吃過一粒巧克力。我在美好晨光啜飲一杯咖啡黑水，宛如飲下一杯來自聖壇釀造的聖水般。

我的早晨在咖啡香的熱氣氤氳裡展開，到了晚上，當咖啡香轉成花草香，我又展開另一個人生的片段了。若不幸遇上低潮，美酒加咖啡，咖啡頓成愛爾蘭小酒吧裡的口味，啜一口正熱的咖啡，再啜一嘴威士忌，如火中燒，又清醒又墮落。

她的法式咖啡館

在《情人》一書裡，莒哈絲曾提到咖啡館，因爲她的中國情人曾經在巴黎留學兩年，他很懷念巴黎，可愛的巴黎女人、吃喝玩樂的生活，「還有拱形咖啡館，圓形咖啡館。而他最偏愛圓形咖啡館。」

在《物質的生活》一書裡，莒哈絲提到很少到咖啡館，離巴黎家很近的花神咖啡館她也少去，原因是「沒有合適的衣服」可供至城市的咖啡館。

於是有後人讀了冥思去咖啡館究竟該穿什麼衣服的論辯。

是有趣呀，沒有合適的衣服可穿去咖啡館，可我看莒哈絲的許多照片裡的衣裝都頗適合去咖啡館的，尤其是她喜愛的套頭黑色毛衣和格子裙，很有自己的風格與城市感。我想也許莒哈絲想說的是沒有合適的心情來裝扮適合到咖啡館的衣服，又因爲花神咖啡館人來人往多，那個年代又是存在主義與哲人論戰場域，不免擔心在蓬頭垢面下遇到熟人吧。裝扮也要有興致的，且得啓動一種外出的心情，不若在家之隨心所欲。

在巴黎的公寓住所離花神和雙叟咖啡館沒幾步路，但據了解其實她是不去的。我想還有個因素不知是不是因爲她討厭西蒙·波娃之故。何況她說她一直都不是什麼女性主義和存在主義者，她討厭以哲學家來說話和面世，她說她只想用作家來說話。

「這種在房子裡的自我失落並非自願，我從沒說過：『我整年被關在這裡』。並非如此，要是這麼說那就錯了。我常去購物，去咖啡館。但同時我仍在這兒。」她說她常去購物，但我想那應是一般性的購物。一書裡提及她不逛商店，不翻雜誌，但很留意周遭兒子輩的女友們和女記者、電影女助手和女演員的穿戴。她探詢她們身上的美麗衣裳的質料，在哪兒買的，要多少錢等。「她重複新款的衣服就像時裝專欄雜誌的編輯一樣快。」她見到新款的衣服常說那是聖羅蘭的樣式，即使不是，別人聽了也沒反駁。芒索又提及如果莒哈絲喜歡一件衣服便迫不及待地想要試穿且想要得到它。許多來客擋不住她這種又驚又嘆的樣子，連男客人都會留下物品給她，一條披肩，一條喀什米爾圍巾等物，女生則有時還留下了洋裝或是披風。

原來莒哈絲是如此地掠奪禮物而不露痕跡，且賓主盡歡。來客覺得被莒哈絲欣賞是榮幸，留下物品讓莒哈絲永遠讚美它們的這種歸宿於他們是某種被看中的喜悅吧。

她常晚上出去買東西，並抱怨店鋪太早關門了。莒哈絲的時間感太早於別人卻已是夜深了。

這是作家可愛之疏離和不解的個性。

design by Soulmate

化妝品

化妝，十五歲半的時候，也就是在渡船上遇到中國情人時，莒哈絲在書裡寫當時她是化了妝，且還抹上多卡龍面霜，爲了掩飾頰骨周圍和眼睛下方的雀斑。「面霜上撲了膚色的粉，是Houbigant的（法國化妝品牌名）。撲粉是母親的，母親參加總督府宴會時都撲這種粉。那天我也塗了口紅，是當時流行的暗紅色口紅——櫻桃色口紅……當時我沒有搽香水，我母親那兒只有古龍水和棕櫚橄欖香皀。」

黑轎車

《情人》一書裡和中國情人最接近的象徵就是那輛後來不斷出現在情節裡的黑色大型豪華轎車，司機穿著白色的棉紗制服。「在主人和司機之間，還有滑動的車窗玻璃，有摺疊式座席，寬敞得像臥室。」「轎車上坐著一位高雅的男士，目不轉睛地看著我。他不是白人，卻穿著歐式服裝，一種像西貢銀行家們穿的淺色絲質西裝。」

寬敞得像臥室的黑轎車內部，是當時小女孩所望出去的物質豪華世界的象徵，後來她不再搭當地的公車上學，她搭了兩年的黑色轎車回到膳宿學校的公寓。

眞實裡的作家在巴黎時應該是不開車的，但她在買下諾弗勒城堡的鄉間居所後，莒哈絲也開始開車，且心情不好時會驅車散心。其好友米歇爾・芒索在《閨中女友》裡提及關於莒哈絲開車行走的樣態。「夏天，我和她一樣住在諾弗勒，我們一道散步。她還是親自開那輛２０３，哪裡風景美她往哪裡開，或者，給自己定一個模糊的目標，重見照著麥子的一道光芒，尋找雄鹿出沒的森林；向我指著伊夫林省尾部的大雪松說：『妳不認識它，它應該有千年了，這是一棵千年古樹。』她喜歡『千年』這個詞，她總是重複她喜歡的東西。」

什麼是２０３，我不知道，也許是車牌號碼。但似乎可以感覺莒哈絲對於車子的功能性多過於豪華性的眷戀。看文字描述她開車的模樣即可知其一二。

除了黑頭轎車外，在莒哈絲的童年照片裡曾經出現過和母親及兩個哥哥一起搭乘四輪馬車在越南永隆一帶兜風。心情沉悶的母親帶著他們一起坐上小馬車，一起去原野上欣賞乾季的夜色。

莒哈絲曾說她幸運有這樣的母親，應該就是這樣的時候，突然會在艱困中萌生一股動力與不合時宜之情懷的母親。

髮絲

髮絲，返回法國後一刀剪去。自此她終其一生都是留著帶點微捲的波浪形短髮髮型，最多只到齊肩的位置。

剪去長髮似乎象徵著一個自我年輕時代的結束，一個生命感情大段落畫下了句點。

植物

《情人》電影裡有兩幕讓我印象深刻，一是女孩和中國情人做愛後，她在其住處給乾枯的植物澆水。另一幕是快要結尾時她依然在那個房間等著中國情人，等的過程夜幕低垂，她起身給植物澆著水，臉龐有一種奇異的悲傷。

「房間的白色牆壁、隔離暑熱的布簾、別室通向屋外庭院的拱門……院裡的植物耐不住高溫枯死了，院子周圍環繞著藍色的扶欄。」文字如此描述。

後來，從照片上可以看出莒哈絲是喜歡住在有植物的地方，特別像諾弗勒周遭就有很多的樹。她的書桌上也常見擺著一盆插在水中的花，只是花都有些歪歪垂垂的。牆上案上也見到一束束的乾燥花屍。我想莒哈絲喜愛花草植物，可是卻常因爲寫作投入到忘我，然後也常忘了替植物澆水和替花瓶的水更新。

「他們也許砍伐了三百棵樹齡爲六百年的橡樹。我無法動彈，我嚇得彷彿全身癱瘓，就像剛才友人在我面前殺了一個人般。」莒哈絲在《莒哈絲傳》一書裡所收錄的照片有此注說，照片裡的她正處在一堆倒下的木頭裡。

影像記錄一個一去不回的光陰，時空的細薄切片，切絲般的細節顯影。

那個瀕臨於毀滅前的美是她老年之後臉部所獨有的。褶皺，有智慧者可以讓美麗深陷在那些重重的凹痕裡。

但慾望也可能被一個形象殺死，當影像一再重複時。莒哈絲也深諳這個道理，關於她每個時期的照片都剛剛好，幾張影像夠力道就足夠了。如何呈現自我影像即意味著希望別人如何注視你。

未成爲作家前的莒哈絲美得迷離，卻有一種飄忽感，還很在意自己的姿態。成爲作家的她，就非常接近內在的她之內裡男性特質。

作家要美得很有力量，因爲那就是其腦其筆，作家沒有力量就是鬆垮，美麗卻鬆垮何用？

醜女人的醜不在外表，而在於無可救藥的醜，連精神都無法維繫的一種醜態盡出的可怖。醜女人可一點都不懶，甚至比一般人都還努力營造塑身美容，但怎麼看就是醜。那種醜就是我所謂的無可救藥，因爲醜的部分不是可以重新塑造的部分，而是打從裡面一路醜出來，就像一個包裹著毀壞的靈魂不斷地滲透出來的蛆氣。撕開那層昂貴的薄膜，內裡不堪卒睹。

可有一種美，歲月奪它不走，腐敗侵它不成，那是精神塑造出來的風姿，莒哈絲和西蒙．波娃皆是，愈老愈美，愈老愈讓人不捨注目的目光。尤其是西蒙．波娃，老了反而更好看，老了她那張臉才顯得和其龐大的知識領域相稱。且由於波娃年輕時即盤髮，盤起來的姿態顯得老態，但是臉部還是有一種強要美麗的狀態，所以顯得不協調。不若老之將至時，整個面部的線條和整個盤上去的髮型非常一致，且籠罩在巨大的智慧理性思維的光芒下，讓人深切愛戀的形象。

這就是純粹的美感經驗，也是一種感官，也是一種精神。

10 最後的情人

在這裡，在面海的陰暗房間，所有人都已離去。
她發現孤獨不同尋常的力量，慾望的強烈無言。他把她帶走，直接面對這愛情的危險……

n'aimait pas les femmes qui n'aimaie
pas... faire la cuisine
PAR LAURE ADLER
Parcours d'une pigiste de choc à «Libération
Platini: «Mon match le plus dur»
CULTURE
«Morte, je peux encore écrire»

她那年輕她近四十歲的楊．安德烈亞眞是個出塵的例外。以至於她和他可以高度實踐這樣的感情樣貌，超乎世故與世俗的姿態，完全成爲一個驚嘆號的經典存在。因爲他景仰她，他配合她，他追隨她。

最後，他成爲她。

「他使人害怕，就像閃電、眞理、激情，別人愛他，就像自己的孩子、兄弟、情人。」「也許我一直想愛的人是你，但你卻像一個假情人，一個我不能愛的男人。」同性戀的楊，成爲她愛情裡的永遠之不可能。「愛情變爲現實，不是通過占有，而是通過缺乏的慾望。」愛情雖會引起和痛苦等質的慾望，但人們卻仍不斷地加入柴薪。

有一個航行的女人形象，她愛著船長，愛到沒有自己的思想，只存有對他的愛。「布滿鐵鏽的臉，被海風吹壞，眼睛受傷。」沒人知道她是誰，只知道她是那個鍾愛船長的女人。

愛上終生漂泊海上的男人，執拗地和他上船，任風吹雨打，一張布滿鐵鏽的臉，被曬傷的眼睛，這是天涯海角尋愛故事的極致。莒哈絲小說裡的人物，都有這樣的奇異邊緣性格，旁人看不懂的生命價值，卻是他們的唯一追尋，歡愉之源。太正常的人，太懦弱的人，就別走進莒哈絲的文字世界了。

楊．安德烈亞寫了關於他們之間的故事《MD》一書，M. D.也就是瑪格麗特．莒哈絲的名字縮寫。這本書描述了楊和莒哈絲之間的關係，以日誌錄般地寫下當時他和莒哈絲相處的光景與細節。這本書在一九八三年出版，莒哈絲看了之後深受影響，她後來表示她讀了後感覺這本書很美妙，讓她透過書中描述清晰地看見了自己的身影。「書裡寫了我粗魯且蠻橫不講理的樣子，簡直是流露無遺，且這書是沒有經過任何修改的。就是那時候開始的，我想要回過頭來看我自己，好好地看我自己。我想讀自己的故事。想寫自己的故事。」

最後一個情人是啓動她寫第一個情人的重大關鍵。這眞是生命埋伏的最大巧合了。情人之間竟然可以暗中流年偷換，愛情激發的能量於莒哈絲是巨大的一種創作轉換。轉換成功，作者不會失心瘋，這是愛情的正面能量。情人給予莒哈絲完全的創作因子，因爲莒哈絲愛的是自己。所有的一切必須以自己爲中心。

愛會持續多久？

就寫作者而言，愛持續到停筆的那一天才消亡。

楊第一次見到莒哈絲是在她的影片《印度之歌》首演的現場。一九七五年楊還只是個中學生。當時上演的地點在諾曼第卡昂市。莒哈絲一生編寫了二十來部影片，而其中《印度之歌》最爲她所認可，加上地點離她住的特魯維爾不遠，她便出席了座談會，在座談會上與觀眾見面。會後，一個年輕的學生拿著她的著作《摧毀吧，她說》請作家給他簽個名，且對她說他喜歡現在瀕臨於毀滅風霜之美的她，然後又對她說希望以後可以給她寫信。莒哈絲在書的扉頁上簽名並留下了巴黎的地址給他。

他就這樣給莒哈絲寫了五年的信。在楊的書中描述了當時他企圖查詢莒哈絲的電話，才知道莒哈絲不是她的本名。後來找到了電話還探詢到莒哈絲就住在離卡昂市不遠的特魯維爾。五年後的某一天，他鼓起勇氣在公共電話亭打電話給她。當時莒哈絲正在寫東西沒辦法擱筆，遂要他兩個小時後再打。兩個小時過後，他再打，莒哈絲說還沒寫完，跟他說七點再見面，並要他去指定的雜貨店買一瓶紅葡萄酒帶上來。

莒哈絲話不曾停，楊只是聽著。晚上十點了，莒哈絲說家裡沒吃的，要他去中央市場吃東西，她自己還要再看一遍稿子。他到外頭蕩一陣又轉回了莒哈絲的寓所。他留了下來，住進了莒哈絲以前兒子住過的房間。那晚之後，他住了下來再也不走了，也走不掉了。據悉楊這個名字還是莒哈絲在著作《八〇年的夏天》裡的一個大學生之名，從此他就叫這個名。他們相遇於一九八〇年。

安德烈亞其實是個同性戀，但他具有莒哈絲喜歡的病態與羞澀之美，而他本人對女性身體不感興趣，兩人各有吸引，只是他愛的是莒哈絲的文字，不僅愛屋而及烏，且愛莒哈絲的文字超過愛他自己的生命。

她也沒有想到晚年有個小她近四十歲的安德烈亞，會來到她的生命寫作現場，召喚她在老年寫出十五歲半的愛情與慾望的複雜體驗。

年齡對她從來就像沒有差距一般，十五歲半她和一個大她十多歲的中國男人，六十六歲遇見二十出頭的大學生安德烈亞。差別只是一個身體提早老去，一個身體還在年輕的路上。這不會是阻隔，在她的世界裡，會被阻隔的都是心靈的牆，身體只是載具，內容裝什麼才重要。

關於她摯愛的小哥之死，也等同於她童年的死去。而安德烈亞的出現，又誘發出她對死去小哥的那種無法迄及的愛之復活，勾起早已不太回憶的印度支那的幽魂現前。

「死人纏住活人，愛情纏住作家。」愛情在動盪與回憶中璀璨著亮度。

在楊所寫的《我的愛》書裡有一段很特別且深具莒哈絲韻味的段落：「『你愛我嗎？』她問，我無法回答，她說：如果不是莒哈絲，你根本不會多看我一眼。我也無法回答。她又說：你愛的不是我，是莒哈絲，是我寫的字。」

當時的莒哈絲已年老且酗酒嚴重，個性怪僻乖戾，雖有可愛之處，但基本上人人畏之。楊簡直是入了虎窟。他幫莒哈絲洗澡，爲她準備晚餐，洗碗打掃，爲她打字，爲她開車，陪她到海邊兜風，陪她上電影院。他成了她的奴隸，她愛他但也罵他罰他，「她要的是全部的我，全部的愛，包括死亡。」

善嫉如狂的莒哈絲不准他看其他男人一眼，也不准他看其他女人一眼，甚至還不准楊見其母親和姊妹。在暴怒時會將他的行李丟出去，但楊最後還是乖乖地回到她的身邊。莒哈絲愛楊的時候會說：我們一起遠走高飛。生氣的時候卻又對他說：我的東西你可一點都得不到。

莒哈絲的晚年愛情完全複製了其瘋狂的母親行徑而不自知。

可楊也是愛她近乎母親般的病態吧。莒哈絲終其一生都得不到母親的愛，但她的最後一個情人卻把她當聖母般地供奉著。楊有時出走，但最後卻又回到她的身邊，他知道他自身已然被莒哈絲下了蠱了，已是一體無法離開了。在莒哈絲遇到楊的那些年，其實莒哈絲已經筋疲力竭，備感孤單。原因是她一生對寫作未曾懈怠，差不多每年都有作品問世，但在當時法國文壇對她並沒有給予多少掌聲，也沒有多少人欣賞。莒哈絲迷一直是很少數的狂戀於她者。楊在那時闖入她的長年累積的孤境，帶著百分百的迷戀欣賞她，不能說不擄獲其心。

楊也帶給年老的莒哈絲很大的幫忙，特別是一九八三年她昏迷時對她完善地照顧。一九八四年莒哈絲以《情人》一書狂賣，可說是莒哈絲熱的開始。名利來得晚，好在她一直堅持著，也好在她有這樣的幸運，遇到楊，一位超級莒哈絲迷而掉到莒哈絲鋪下的天羅地網，可以說因爲有了楊，楊的幫忙及一切的激勵，莒哈絲花了三個月寫的《情人》才可能產生的。

楊雖說是同性戀，但是在熟識他們兩人的米歇爾・芒索的《閨中女友》一書的單元〈書戀〉章節裡，卻非常大膽入骨地描述了莒哈絲和楊在肉體探索的過程，這段文字的寫實程度來自於楊曾經把芒索當作是訴說心中苦悶的對象。《閨中女友》寫到楊驚訝於莒哈絲那股近乎「野蠻的自由」的力道，且莒哈絲還把瘋狂的自由傳遞給他，她說：「不，你不是雞姦者，你是七尺男兒身。」她且駭人聽聞地對他建議道：「好了，我在這兒，你想怎麼搞我就怎麼搞。」而他什麼也不想，只想跟隨她……最後莒哈絲還說：「爲了創造你，我要先毀掉你。」……「有一天，他發現自己能夠成爲七尺男兒，一個女人投入他的懷抱，他占有了她，學到了更擁有她，能夠確實達到目的地的快樂，那眞是妙不可言。」

「他要麼接受一切，要麼一文不值。」莒哈絲要他全盤接受她的一切。讀了多讓人心驚膽跳的絕無僅有的老少配戀情，其中的元素比小說還小說，現實裡就這樣發生了。服從與背叛，悲喜劇交織，讓人心顫不已的結合。

一九九六年年初，寒夜，莒哈絲從睡夢中突然醒來，她推醒楊說：「莒哈絲，完了。」她已預感長路將盡。她摸著他的髮絲愛憐地說：「我要死了，跟我走吧，一起走吧！沒有我你怎麼辦？」

情執至此，癡迷過重竟是至死還未休。

楊在莒哈絲晚年曾爲其筆下的人物，莒哈絲去世後，莒哈絲反成爲楊筆下的人物了。

安德烈亞，仍是巴黎的神祕人物，連出版社的編輯都沒見過他，當我的巴黎朋友代我打電話給出版社企圖想要聯絡他時，編其書的出版社編輯笑著說，連他們都見不到他呢。

關於他的傳聞，還在巴黎繼續著，有人說他在外地漂泊，在以色列在希臘某個小島，有人說他躲到了妹妹家，有人說他隱居在某教堂，有人說他把自己關了起來。「沒有我你怎麼辦？」莒哈絲像她母親眷戀長子的口吻般地複製了母親的愛情畸戀。

我想，不知他如何度日，可能還是活在莒哈絲的文字世界裡吧，在黑暗中咀嚼他們曾經的糾葛與傷痛，無法實踐歡樂的愛情關係。

絕無僅有的愛情，比變態還變態的關係，比小說還小說的遭遇。

作者不死，如飛奔的雨，灑向荒漠。如午夜微火，提燈在荒原。

橫度這座莒哈絲洶湧的海岸，與意志共舞，然後成為我們自己。

MARGUERITE DURAS
1914 - 1996

國家圖書館出版品預行編目資料

最後的情人：莒哈絲海岸／鍾文音著.——初版
——臺北市：大田，民104.02
面；公分.——（智慧田；105）

ISBN 978-986-179-373-3（平裝）

855 103021604

智慧田 105

最後的情人：莒哈絲海岸

鍾文音◎著

出版者：大田出版有限公司
台北市 10445 中山區中山北路二段 26 巷 2 號 2 樓
E-mail：titan3@ms22.hinet.net
http：//www.titan3.com.tw
編輯部專線（02）25621383
傳真（02）25628761
【如果您對本書或本出版公司有任何意見，歡迎來電】

總編輯：莊培園
副總編輯：蔡鳳儀
行銷企劃：張家綺／高欣妤
內文美術設計：賴維明
校對：黃薇霓／金文蕙
印刷：上好印刷股份有限公司・（04）23150280
初版：2015 年（民 104）二月十日
定價：新台幣 380 元

國際書碼：ISBN 978-986-179-373-3 / CIP：855 / 103021604
Printed in Taiwan

From：地址：＿＿＿＿＿＿＿＿＿＿＿＿＿＿＿＿

姓名：＿＿＿＿＿＿＿＿＿＿＿＿＿＿＿＿

廣　告　回　信
台北郵局登記證
台北廣字第01764號

平　信

To：**大田出版有限公司　（編輯部）收**

地址：台北市 10445 中山區中山北路二段 26 巷 2 號 2 樓

電話：（02）25621383　傳真：（02）25818761

E-mail：titan3@ms22.hinet.net

＊請沿虛線剪下，對摺裝訂寄回，謝謝！

大田精美小禮物等著你！

只要在回函卡背面留下正確的姓名、E-mail和聯絡地址，
並寄回大田出版社，
你有機會得到大田精美的小禮物！
得獎名單每雙月10日，
將公布於大田出版「編輯病」部落格，
請密切注意！

大田編輯病部落格：http：//titan3pixnet.net/blog/

智　慧　與　美　麗　的　許　諾　之　地

＊請沿虛線剪下，對摺裝訂寄回，謝謝！

讀 者 回 函

你可能是各種年齡、各種職業、各種學校、各種收入的代表，
這些社會身分雖然不重要，但是，我們希望在下一本書中也能找到你。

名字／＿＿＿＿＿＿＿ 性別／□女 □男　出生／＿＿＿年＿＿＿月＿＿＿日

教育程度／

職業：□ 學生□ 教師□ 內勤職員□ 家庭主婦 □ SOHO族□ 企業主管
□ 服務業□ 製造業□ 醫藥護理□ 軍警□ 資訊業□ 銷售業務
□ 其他＿＿＿＿＿＿＿＿＿＿

E-mail/＿＿＿＿＿＿＿＿＿＿ 電話／＿＿＿＿＿＿＿

聯絡地址：

你如何發現這本書的？　書名：最後的情人

□書店閒逛時＿＿＿＿書店 □不小心在網路書店看到（哪一家網路書店？）＿＿＿＿
□朋友的男朋友(女朋友)灑狗血推薦 □大田電子報或編輯病部落格 □大田FB粉絲專頁
□部落格版主推薦＿＿＿＿＿＿＿＿＿＿
□其他各種可能，是編輯沒想到的＿＿＿＿＿＿＿＿＿＿

你或許常常愛上新的咖啡廣告、新的偶像明星、新的衣服、新的香水……
但是，你怎麼愛上一本新書的？

□我覺得還滿便宜的啦！ □我被內容感動 □我對本書作者的作品有蒐集癖
□我最喜歡有贈品的書 □老實講「貴出版社」的整體包裝還滿合我意的 □以上皆非
□可能還有其他說法，請告訴我們你的說法
＿＿＿＿＿＿＿＿＿＿＿＿＿＿＿＿＿＿＿＿

你一定有不同凡響的閱讀嗜好，請告訴我們：

□哲學 □心理學 □宗教 □自然生態 □流行趨勢 □醫療保健 □ 財經企管□ 史地□ 傳記
□ 文學□ 散文□ 原住民 □ 小說□ 親子叢書□ 休閒旅遊□ 其他＿＿＿＿＿＿＿

你對於紙本書以及電子書一起出版時，你會先選擇購買

□ 紙本書□ 電子書□ 其他＿＿＿＿＿＿＿＿＿＿

如果本書出版電子版，你會購買嗎？

□ 會□ 不會□ 其他＿＿＿＿＿＿＿＿＿＿

你認為電子書有哪些品項讓你想要購買？

□ 純文學小說□ 輕小說□ 圖文書□ 旅遊資訊□ 心理勵志□ 語言學習□ 美容保養
□ 服裝搭配□ 攝影□ 寵物□ 其他＿＿＿＿＿＿＿＿＿＿

請說出對本書的其他意見：